Franziska Gehm
Die Vampirschwestern
Herzgeflatter im Duett

Alle Abenteuer der Vampirschwestern:

Band 1: Eine Freundin zum Anbeißen
Band 2: Ein bissfestes Abenteuer
Band 3: Ein zahnharter Auftrag
Band 4: Herzgeflatter im Duett
Band 5: Ferien mit Biss
Band 6: Bissige Gäste im Anflug
Band 7: Der Meister des Drakung-Fu

Franziska Gehm

Die Vampirschwestern

Herzgeflatter im Duett

Loewe

www.die-vampirschwestern.de

FSC

Mix

Produktgruppe aus vorbildlich bewirtschafteten Wäldern und anderen kontrollierten Herkünften

Zert.-Nr. SGS-COC-001940
www.fsc.org
©1996 Forest Stewardship Council

ISBN 978-3-7855-6587-2
3. Auflage 2010

Umschlag- und Innenillustration: Dagmar Henze
Umschlaggestaltung: Christian Keller
Printed in Germany (007)

www.loewe-verlag.de

Inhalt

Verheißungsvolle SMS

Am nördlichen Rand der Großstadt, im letzten Haus im Lindenweg, in der ersten Etage im Badezimmer stand Silvania Tepes vor dem Spiegel. Ihre Nasenspitze berührte fast die Spiegelfläche. Silvania musterte sich kritisch. Das war nicht einfach. Sie war ein Halbvampir. Ihr Spiegelbild war undeutlich. Ein feiner Nebelschleier lag darüber. Silvania zog die Augenbrauen hoch. Dann blinzelte sie mit den langen braunen Wimpern. Sie spitzte die Lippen. „Hello, Jacob. Pleased to meet you, too." Sie lächelte. Plötzlich hielt sie inne. Sie starrte auf ihre Eckzähne. Sie runzelte die Stirn. „Schlotz zoppo!", flüsterte sie. „Ich habe die Dentiküre vergessen!" Blind griff sie nach der Zahnfeile auf dem Beistelltischchen. Sie setzte die Feile gekonnt am rechten Eckzahn an, wie ein Geiger den Bogen.

Im Bad erklangen gänsehauterzeugende Geräusche. Ritsche, ratsche, knirsch, knack, quietsch, quötsch, ding, doing. Nachdem Silvania den rechten Eckzahn gekürzt hatte, setzte sie die Feile an den linken Eckzahn. Ritsche, ratsche, knirsch, knack, quietsch, quötsch, ding, doing. Sie legte die Feile beiseite. Sie fuhr sich mit der Zunge über die gekürzten Eckzähne. Das fühlte sich gut an! Hoffentlich sah es auch gut aus. Es war nie schlecht, gut auszusehen. Aber heute war es besonders wichtig.

Plötzlich klopfte es kräftig an der Badtür. „Ich muss mal!"

Das war Dakaria Tepes. Sie war Silvanias Schwester. Silvanias jüngere Schwester. Denn sie kam genau sieben Minuten später auf die Welt. Dakaria wurde sie allerdings nur von Lehrern und anderen Leuten genannt, die es nicht besser wussten. Für den Rest war sie Daka.

Silvania öffnete die Badtür. „Flops dich doch einfach in den Wald. Denk an Onkel Vlads Worte: Stuhlgang in der Natur ist Hochgenuss pur."

Onkel Vlad, der in Transsilvanien lebte, war wie alle Vollblutvampire ein Verfechter der Freiluftentleerung. Die wenigsten Vampire hatten Toiletten im Haus. Ihrer Meinung nach war es unrein, am Ort des Lebens, Kochens, Essens, Schlafens und Spielens Körperausscheidungen zu hinterlassen. Daka leuchtete das ein. Manchmal. Zumindest in Transsilvanien. Jetzt sah die Lage anders aus.

Daka hatte die Lippen aufeinandergepresst. Sie stand leicht gebückt, kniff die Oberschenkel zusammen und schüttelte den Kopf.

„Es ist dringend, stimmt's?" Silvania trat schnell aus dem Badezimmer.

Daka nickte. „Außerdem ist Flopsen verboten."

Flopsen war eine Fortbewegungsweise der Vampire. Und Halbvampire. Sie konnten sich in Sekundenbruchteilen von einem Ort zum anderen bewegen. Flops, waren sie da! Aber es funktionierte nur über kleine Entfernungen und war sehr kräftezehrend.

Silvania nickte wissend, während ihre Schwester die Badtür schloss. Die sieben radikalen Regeln.

Elvira Tepes, die Mutter der Zwillinge, hatte vor dem Umzug von Transsilvanien nach Deutschland sieben radikale Regeln aufgestellt, wie sich die Halbvampire in ihrer neuen Heimat zu verhalten hatten:

1. Kein Fliegen bei Tageslicht
2. Keine lebenden Mahlzeiten (auch keine Snacks wie Fliegen, Käfer oder Würmer)
3. Ausreichend Sonnenschutz (Sonnencreme, Hut, Sonnenbrille etc.)
4. Haustiere wie Blutegel, Mücken, Zecken und Flöhe bleiben zu Hause
5. Spiegel, Spiegelreflexkameras und Knoblauch sind zu meiden
6. Kein Einsatz übernatürlicher Kräfte (wie Hypnotisieren, Belauschen oder Flopsen)
7. Wöchentliche Dentiküre

Silvania fiel das Einhalten der Regeln nicht schwer. Meistens. Denn meistens wollte sie sowieso lieber ein Mensch sein. Daka dagegen hatte ihre Probleme mit den radikalen Regeln und dem Leben in Deutschland. Meistens. Denn meistens wollte sie lieber ein echter Vampir sein.

Silvania ging in das Zimmer, das sie sich mit ihrer Schwester teilte. Sie legte sich auf ihr Bett. Fünf Sekunden starrte sie an die Decke. Dann holte sie ihr Handy hervor und hielt es sich vors Gesicht. Jacob hatte ihr schon drei SMS geschrieben. Jacob war Silvanias Englisch-Nachhilfelehrer. Er wusste alles über Present Perfect, unregelmäßige Verben und if-Sätze. Was er nicht wusste, war, dass Silvania gar keine Nachhilfe brauchte. Zumindest nicht in Englisch. Höchstens im Fliegen. Aber Fliegen war in Deutschland kein Unterrichtsfach. Zum Glück, fand Silvania.

Silvania las sich die SMS zum 54. Mal durch. Die erste SMS lautete: „O. K. Wann?" Die zweite lautete: „Ja" und die dritte: „Bis dann." Diese SMS fand Silvania am schönsten. Sie war so verheißungsvoll. Silvania seufzte und stellte sich Jacobs Augen vor. Sie waren glasklar und hellgrau wie ein Winterhimmel, aus dem es jeden Moment schneit. In wenigen Minuten würden sie sich wiedersehen. Bei dem Gedanken tobte ein Schneesturm in Silvanias Bauch.

Sie hatte Jacob vorgeschlagen, den Unterricht aktiver zu gestalten. Statt bei ihr zu Hause zu sitzen, sollte die Nachhilfe heute auf dem Jahrmarkt stattfinden. Silvania hatte einen guten Grund, die Nachhilfe auf den Jahrmarkt zu verlegen. Es war besser, wenn ihre Eltern Jacob nicht so schnell wiederbegegneten. Und auch Jacob war nicht wild darauf, in den Lindenweg 23 zu kommen. Bei der letzten Nachhilfe hatte es einen ... nun ja, einen kleinen Zwischenfall gegeben, bei dem ein mausfressender Cousin, eine fliegende Tante und ein angriffslustiger Onkel eine nicht ganz unbedeutende Rolle gespielt hatten.

Aber es gab noch einen weiteren Grund, warum

Silvania Jacob um eine Nachhilfestunde auf dem Jahrmarkt gebeten hatte. Sie stellte sich Englischnachhilfe auf dem Jahrmarkt unheimlich romantisch vor. Silvania könnte zu Jacob sagen: „Let's take a ride on the *Wilde Maus*." Sie könnten zusammen Riesenrad fahren. Die Stadt würde ihnen zu Füßen liegen, doch es würde sie nicht interessieren, weil sie nebeneinandersaßen und mit ... na ja, Nachhilfe beschäftigt waren. Jacob könnte eine Rose für Silvania schießen und in der Geisterbahn, wenn sie sich eng aneinanderkuschelten, würde es passieren: Statt Present Perfect gab es den Perfect Kiss. Yessss!

Allerdings gab es ein kleines Problem. Silvania war nicht alleine auf die Idee mit dem Jahrmarkt gekommen. Genau genommen, ganz ehrlich, in wirklicher Wirklichkeit war sie gar nicht darauf gekommen, sondern Daka. Daka hatte gute Ideen. Manchmal. Allerdings bedeutete das in dem Fall, dass Daka mit auf den Jahrmarkt kommen würde. Helene und Ludo hatte sie auch Bescheid gesagt. Sie waren die besten Freunde der Zwillinge. Und die Einzigen, die bis auf ihre Eltern und Oma Rose wussten, dass Daka und Silvania Halbvampire waren. Dafür kannten die Zwillinge auch die Geheimnisse von Helene und Ludo. Helene versteckte hinter ihren langen blonden Haaren ein Hörgerät, liebte nächtliche Ausflüge zum Friedhof und bemalte sich gerne die Arme mit Monstern und Spinnen. Ludo konnte in die Zukunft sehen. Leider nur undeutlich. Er konnte auch mit Toten reden. Aber das glaubten nur er und sein Opa.

Normalerweise würde Silvania sich darauf freuen, mit ihrer Schwester, Helene und Ludo auf den Jahrmarkt zu gehen. Sehr sogar. Aber wie sollte es da zum Perfect Kiss kommen? Ein Kuss, bei dem ihre Schwester zusah, konnte nicht perfekt sein. Silvania drehte das Handy um und las sich Jacobs SMS auf dem Kopf stehend durch. Vielleicht war eine geheime Botschaft verborgen. Silvania runzelte die Stirn. Sie streckte die Zunge heraus. Sie konnte nichts erkennen.

Treffpunkt Springbrunnen

Jacob Barton kramte in der Hosentasche nach seiner Uhr. Er zog sie mit ein paar Fusseln und einem zusammengeknüllten Stück Kaugummipapier heraus. Er sah auf die Anzeige. 14:58 Uhr. So pünktlich war er bis jetzt noch nie zur Nachhilfe erschienen. Er stand vor einem Imbissstand namens *Werners Waffeln* in der Nähe des Springbrunnens, an dem er seine Nachhilfeschülerin treffen sollte. Silvania Tepes. Sie war die ungewöhnlichste Nachhilfeschülerin, die Jacob jemals gehabt hatte. Sie kleidete sich ungewöhnlich. Sie erzählte ungewöhnliche Sachen. Und sie hatte eine ungewöhnliche Familie. Die war nicht nur ungewöhnlich, sondern sogar unheimlich. Jacobs rotblonde Haare standen auf seinen blassen Armen jetzt noch zu Berge, wenn er an Silvanias Onkel dachte.

Er steckte die Uhr wieder ein und zog die Ärmel seines graublauen Kapuzensweatshirts herunter. Dann wickelte er sich den rot-blau gestreiften Schal um den Hals, steckte die Hände in die Hosentaschen und drückte den Rücken durch. Er hoffte, sein Kreuz würde dadurch breiter wirken.

„Waffel?“, brummte es hinter Jacob.

Jacob drehte sich um. Waffelwerner lehnte sich aus der Bude und grinste Jacob fragend an. Er hatte grau melierte Haare. Auf seinem Doppelkinn wuchsen Bartstoppeln. Seine Nase sah aus wie eine kandierte Kirsche. Jacob schüttelte den Kopf. „Ich warte nur auf jemanden."

Waffelwerner nickte. „Klarokowski."

Jacob spürte, dass ihn Waffelwerner noch immer musterte. Langsam drehte er sich abermals um.

Waffelwerner grinste. „Biste dir sicher?"

„Was?"

„Dass de keene Waffel willst."

Jacob nickte. „Später vielleicht."

In dem Moment erschienen zwei Mädchen am Springbrunnen. Die eine hatte ihre pechschwarzen Haare gestylt, als wollte sie sich als Seeigel tarnen. Sie trug eine schwarze Jacke, die mit lauter kleinen silbernen Spinnen bedruckt war, einen kurzen lilafarbenen Rock, schwarze löcherige Leggins und lilafarbene Gummistiefel. Das war Dakaria Tepes.

Das andere Mädchen hatte einen rot-schwarz karierten Hut auf, unter dem wallende rotbraune Haare hervorquollen. Sie trug ein enges feuerrotes Kleid mit einem breiten dunkelroten Gürtel und einer schwarzen Samtstola. Die schwarzen Schuhe gingen ihr bis zu den Knöcheln, hatten rote Knöpfe an der Seite und bogen sich an der Schuhspitze wie zwei Schlittenkufen nach oben. Das war Silvania Tepes.

„Wartest de auf die da?" Waffelwerner deutete auf die beiden Mädchen am Springbrunnen.

Jacob nickte mit offenem Mund, wobei er die Zwillinge nicht aus den Augen ließ. „Also, eigentlich nur auf die eine. Die im roten Kleid."

Waffelwerner zog die Nase hoch und nickte anerkennend.

Eine Sekunde später liefen ein Junge und ein Mädchen auf die Zwillinge zu. Der Junge hatte halblange dunkle Haare und war kaum größer als die Mädchen. Das andere Mädchen hatte glänzend blonde Haare, war schlank und hatte strahlend blaue Augen. Das konnte man bis zur Waffelbude sehen.

„Und wer sind die jetzt?", fragte Waffelwerner.

„Keine Ahnung."

Waffelwerner und Jacob sahen, wie das Mädchen mit den blonden Haaren ihre Hand zur Faust ballte und damit den Schwestern auf den Kopf klopfte. Der Junge tat dasselbe. Die Zwillinge klopften zurück.

„Was machen die denn?"

Jacob zuckte die Schultern. Dann kratzte er sich hinter dem Ohr. „Ich weiß es nicht."

Waffelwerner und Jacob konnten nicht wissen, dass die vier Freunde ihren eigenen Gruß hatten. Daka und Silvania hatten die Kopfnuss aus Transsilvanien importiert. In Bistrien, ihrem Heimatort, begrüßten sich alle so. In Deutschland war die Kopfnuss als Begrüßung bis jetzt nur bei Helene und Ludo gut angekommen.

Jetzt hatte Silvania Jacob entdeckt. Sie winkte.

Jacob hob kurz die Hand und nickte. „Ich muss dann", sagte er zu Waffelwerner.

„Allet klar. Tschüssikowski!" Waffelwerner steckte den Löffel in die Waffelschüssel, rührte um und sah Jacob nach. „Noch eenmal jung sein …", flüsterte er und blickte versonnen auf den Waffelteig.

Nachhilfe mit Überschlag

Frau Gesine Schlotzer verkaufte seit 22 Jahren Fahrkarten für den *Star Express*. Der *Star Express* war eine Stahlachterbahn. Herr Ottmar Schlotzer, Frau Schlotzers Onkel, hatte sie vor 28 Jahren von seinem Vater übernommen. Der *Star Express* hatte alles, was eine richtige Achterbahn brauchte: eine steile Bergabfahrt, ein atemberaubendes Looping, zwei große Hügel, die Kamelrücken genannt wurden, und rasante Kurven. Noch nie hatte sich ein Kunde beschwert, ihm wäre vor schauriger Freude nicht beinahe schlecht geworden. Darauf war Onkel Ottmar stolz. Und Frau Schlotzer auch. Egal, in welche Stadt sie kamen, immer war der *Star Express* eins der beliebtesten Fahrgeschäfte. Und immer saß Gesine Schlotzer in dem kleinen, gläsernen Fahrkartenhäuschen und verkaufte Tickets. In den ganzen 22 Jahren hatte sie kein einziges Mal gefehlt. Sie hatte Schnupfen gehabt, da es in dem Fahrkartenhäuschen immer zog. Migräne, da es um sie herum ständig klingelte, lärmte und kreischte. Sehnenscheidenentzündung, da sie die Fahrkarten immer mit der linken Hand von einem großen Block abriss. Doch immer war sie auf ihrem Posten geblieben. Sie mochte ihren Job. Sie verkaufte den Menschen für ein paar Euro ein paar Minuten voller Aufregung, Bauchkribbeln und Taumel. Und zwischendurch konnte sie noch Kreuzworträtsel machen. Gesine Schlotzer konnte sich keine bessere Arbeit vorstellen.

„Ein Mal bitte“, sagte ein hochgewachsener Junge mit zerzausten rotblonden Haaren. Er legte einen zerknitterten Geldschein auf den Tresen des Fahrkartenhäuschens.

Gesine Schlotzer riss eine Fahrkarte vom Block, reichte sie dem Jungen, gab ihm das Wechselgeld und lächelte. „Gute Fahrt.“

Der Junge lächelte kurz zurück. Dann steckte er die Fahrkarte und das Wechselgeld in die Hosentasche und fuhr sich durch die Haare. Gesine Schlotzer seufzte. Der Junge erinnerte sie an ihren Neffen. Ein schöner, schüchterner Junge. Und hochbegabt. Leider nur sehr weit weg.

Die nächste Kundin war ein Mädchen mit einem rot-schwarz karierten Hut. Vermutlich eine ausländische Besucherin, denn sie sagte „One ticket, please.“

Es folgten ein blondes Mädchen, ein Junge mit halblangen Haaren und ein Mädchen mit einer sehr beeindruckenden Frisur. Man konnte meinen, sie wäre schon drei Runden mit der Achterbahn gefahren.

„Gute Fahrt!“, wünschte Gesine Schlotzer allen.

„Datiboi!“, erwiderte das Mädchen mit der beeindruckenden Frisur.

Gesine Schlotzer sah der Gruppe nach. Sie hatte in ihren 22 Berufsjahren schon an die Millionen Fahrkarten verkauft. Sie hatte an die Millionen Menschen gesehen. Hatte ihnen eine Fahrkarte abgerissen, das Wechselgeld gegeben und ihnen eine gute Fahrt gewünscht. Diese Achterbahnpassagiere waren anders als andere Passagiere. Gesine Schlotzer wusste nicht, warum. Sie wusste es einfach. Sie starrte einen Moment auf einen Ketchupfleck an der Fensterscheibe ihres Fahrkartenhäuschens. Dann zuckte sie mit den Schultern. Sie griff zu ihrem Nachschlagewerk, das sie für Kreuzworträtsel immer parat hatte, um „datiboi“ nachzuschlagen.

Silvania, Jacob, Daka, Helene und Ludo nahmen im *Star Express* Platz. Silvania saß neben Jacob. Ellbogen an Ellbogen. Obwohl die Achterbahn noch stand, war Silvania schon etwas schwindelig.

„Weißt du, was ‚Achterbahn‘ auf Englisch heißt?“, fragte Jacob.

Silvania hatte das Wort schon einmal gehört. „Cooler toaster?“

„Fast. Roller coaster“, erwiderte Jacob.

„Und was heißt ‚Schleuderbombe‘ auf Englisch?“, fragte Daka, die direkt hinter Jacob saß.

„Schleuder- was?“ Jacob hatte sich halb umgedreht und sah Daka fragend an.

Silvania warf ihrer Schwester einen strengen Blick zu. „Es – gibt – hier – keine – Schleuderbomben.“ Und kein Kreuzknoblauchkabinett, kein Mäuseschwanzschießen, keinen Knochenbrecher und keinen Blutpolypen. Diese Fahrgeschäfte kannten die Zwillinge aus Bistrien. Daka konnte nicht fassen, dass es sie auf einem deutschen Jahrmarkt nicht gab.

„Fumpfs! Noch nicht einmal Schleuderbomben", stöhnte sie.

„Wir können ja danach *Wilde Maus* fahren", schlug Silvania vor.

„*Wilde Maus!* Nici doi viati!" Daka schüttelte den Kopf. Sie würde nicht mit einem Fahrgeschäft fahren, das wie eine Mahlzeit klang. Menschen fuhren ja auch nicht mit der *Verrückten Bockwurst.*

„Nietzsche doofer Vati?" Jacob sah Daka fragend an. „Was redest du denn da?"

Daka redete Vampwanisch. Eine der ältesten, kompliziertesten und schönsten Sprachen der Welt. Selbst ein mittelalter Vampir wie Mihai Tepes, der Vater der Zwillinge, der 2676 Jahre alt war, beherrschte nicht alle ausgeklügelten Redewendungen und kannte nicht alle grammatikalischen Feinheiten des Vampwanischen. Er achtete sehr darauf, dass seine Töchter ihre Vatersprache in Deutschland nicht verlernten. Im Gegensatz zu seiner Frau freute er sich, wenn Daka und Silvania hin und wieder ein vampwanisches Wort oder eine Redewendung fallen ließen. Wie zum Beispiel „Gumox", was so viel wie „Quatsch" hieß, oder „Fumpfs!", was „Mist!" hieß, oder „Nici doi viati!", was „Nie im Leben!" hieß. Aber das wusste Jacob natürlich alles nicht. Er war zwar gut in Englisch. Aber bei Vampwanisch konnte man ihn vergessen.

Plötzlich verkündete eine Stimme wie bei einem Boxkampf aus einem Lautsprecher: „Gleich startet er. Deeeeeeeeeeeer ... *STAR EXPRESS*!"

Dakas Antwort ging im Lärm unter.

Silvania lächelte Jacob zu. Doch ihr Nachhilfelehrer war damit beschäftigt, seinen Sicherheitsgurt zu überprüfen.

„Uuuuuuund ... LOS GEHT'S!", dröhnte es aus dem Lautsprecher.

In dem Moment setzte sich der *Star Express* in Bewegung. Er tuckerte wie eine alte Dampflok. Silvania verschränkte die Arme und überschlug die Beine. Hätte sie gewusst, dass der *Star Express* ein Schneckenexpress war, hätte sie sich ein Buch mitgenommen.

Auf einmal beschleunigte der *Star Express*. Mit einem Ruck wurde Silvania in den Sitz gedrückt. Bevor sie sich an die Geschwindigkeit gewöhnen konnte, ging es in eine steile Kurve. Silvania stieß einen Schrei aus. Sie hatte das Gefühl, ihr Kopf würde nach der Kurve nicht mehr auf ihrem Hals sitzen, sondern über den Jahrmarkt fliegen. Doch nach der Kurve war alles noch da, wo es hingehörte. Inklusive Jacob.

Silvania hörte Daka hinter sich rufen: „Boi, boi, boi!" Das war auch Vampwanisch und hieß „super!".

Plötzlich ging es steil bergauf. Der *Star Express* wurde wieder langsamer. Silvania atmete durch. Vielleicht war jetzt eine gute Gelegenheit, ein wenig mit Jacob zu plaudern. Sie sah zu ihm hinüber. Jacob starrte geradeaus. Er hielt sich mit beiden Händen am Sicherheitsgurt fest. Er war fast so blass wie Silvania. Silvania fand, es stand ihm sehr gut.

Vor ihnen lagen nur noch ein kleines Stück des

Achterbahngestells und der blaue Himmel über Bindburg. Silvania wollte eine romantische Bemerkung machen. Sie überlegte gerade, was „der Himmel auf Erden" auf Englisch hieß, als der *Star Express* die Kuppe erreichte. Die Achterbahn blieb fast stehen. In dem Moment wurden Silvania plötzlich drei Dinge auf einmal klar. Erstens: Sie wusste, warum Jacob sich am Gurt festhielt und so blass war. Zweitens: Sie hätte heute zum Mittag keine Hackfleischklöpschen essen sollen. Drittens: Achterbahnfahren war schlimmer als Fliegen.

Im nächsten Augenblick sauste der *Star Express* in die Tiefe. Die Insassen schrien, als stürzten sie direkt auf die Hölle zu. Silvania fühlte sich wie im freien Fall. Es war kein gutes Gefühl. Instinktiv breitete sie mit einem Ruck die Arme aus. Dabei schlug sie Jacob mit der rechten Handkante auf die Nase. Silvania versuchte, den Oberkörper aufzurichten, und drehte die Handflächen nach vorne. So hatte sie es mit fünf Jahren im Flugunterricht gelernt. Zweite Lektion: Bremsen. Doch in der Achterbahn funktionierte es nicht. Der *Star Express* raste weiter in die Tiefe. Silvania hätte es nicht gewundert, wenn sie durch den Beton des Jahrmarktplatzes und weiter durch die Erdkruste geflogen wären, den Tausende Kilometer breiten Erdmantel und den zähflüssigen Erdkern durchdrungen hätten und auf der anderen Seite auf irgendeiner Pazifikinsel herausgekommen wären. Die Eingeborenen hätten sie womöglich für Götter gehalten, sie reichlich mit Blumen, Obst und Fisch beschenkt und Jacob und sie zum Götterpaar ernannt. Das war allerdings auch der einzige positive Gedanke, den sie der Sache abgewinnen konnte.

Silvania spürte die Hackfleischklöpschen. Sie hatte das Gefühl, sie bildeten in ihrer Kehle eine Räuberleiter. Sie wollten fliehen. Silvania presste die Lippen aufeinander und blähte die Backen auf. Zum Glück war die Bergabfahrt vorbei und der *Star Express* fuhr wieder geradeaus. Silvania sah kurz zu Jacob. Er hatte die Augen geschlossen und rieb sich die Nase. Silvania wollte sich entschuldigen, doch da nahm der *Star Express* den Kamelrücken in Angriff. Erst ging es hoch, dann runter. Hoch, runter. Silvania wollte weder hoch noch runter. Sie wollte nur noch anhalten. Hoffnungsvoll sah sie nach vorne, ob ein Ende in Sicht war. Doch sie sah kein Ende. Sie sah ein Looping. Silvania fasste sich spontan an den goldenen Kettenanhänger, den ihr Oma Zezci geschenkt hatte und in dem sich ein paar Krümel Heimaterde befanden. Sie rieb den Anhänger zwischen Daumen und Zeigefinger und hoffte auf eine rettende Idee.

Würde sie beim Looping neben Jacob sitzen bleiben, wäre er die längste Zeit ihr Nachhilfelehrer gewesen. Denn würde sie beim Looping neben Jacob sitzen bleiben, würde er keinen guten Eindruck von ihr bekommen. Er würde Bekanntschaft mit Herrn Tepes' selbst gebratenen Hackfleischklöpschen machen. Halb verdaut, gemischt mit Tomatensaft, Magensäure und vermutlich den Himbeeren mit Würmern, die es zum Nachtisch gegeben hatte. Das würde zwar einen bleibenden Eindruck hinterlassen, aber sicher keinen guten. Silvania musste etwas unternehmen. Etwas Verbotenes.

Gesine Schlotzer hatte das Radiergummiende des Bleistifts in den Mund gesteckt, blickte von ihrem Kreuzworträtsel auf und murmelte vor sich hin: „Abkürzung: Unbekanntes Flugobjekt …" Sie sah durch die Scheibe mit dem Ketchupfleck auf die Achterbahn. Der *Star Express* fuhr gerade ins große Looping ein. Die Insassen kreischten. Manche rissen die Hände hoch. Andere umklammerten die Gurte. Ein weiblicher Fahrgast stieg am Anfang des Loopings aus, flog zum Ende des Loopings und setzte sich wieder in die Achterbahn.

Gesine Schlotzer nahm den Bleistift aus dem Mund und beugte sich über das Rätselheft. „UFO", schrieb sie ins Kreuzworträtsel. Dann hielt sie abrupt inne. Sie starrte auf die Seite. Auf einmal schoss ihr Kopf in die Höhe. Sie stieß einen Schrei aus, bei dem nur durch ein Wunder die Glasscheiben des Fahrkartenhäuschens nicht zerbrachen. Mit zitterndem Bleistift deutete sie auf den *Star Express*. Er wurde gerade wieder langsamer und rollte in seine Ausgangsposition zurück. „Da…da…da…da war was!"

„Ein UFO?", fragte der Mann, der vor dem Fahrkartenhäuschen stand.

Gesine Schlotzer schüttelte den Kopf. „Ein fliegendes Mädchen in einem roten Kleid und einer schwarzen Stola! Sie ist vom Anfang des Loopings zum Ende geflogen. Und zwar so." Gesine Schlotzer breitete die Arme aus. Mit den Fingerkuppen stieß sie dabei an die Glasscheiben des Fahrkartenhäuschens.

Der Mann zog die Augenbrauen zusammen. Er sah Gesine Schlotzer besorgt an. „Geht es Ihnen gut?“

Gesine Schlotzer überlegte einen Moment. Sie senkte die Arme und sagte entschlossen: „Nein.“ Dann drehte sie das „Geöffnet“-Schild schwungvoll um, sodass es jetzt „Geschlossen“ verkündete. Mit einem Ruck zog sie das gläserne Schiebefenster zu, nahm die Strickjacke vom Stuhl, steckte das Rätselheft in die Jackentasche und verließ das Fahrkartenhäuschen. 22 Jahre hatte sie jeden Tag in diesem Häuschen gesessen und Tickets abgerissen. 22 Jahre hatte sie den Leuten Aufregung, Bauchkribbeln und Taumel verkauft. Sie selbst war dabei immer auf dem Boden geblieben.

Es war Zeit zum Abheben. Was sie dazu auf keinen Fall brauchte, war eine Achterbahn.

In der Geisterbahn

Ludo, Silvania und Jacob standen wie frisch aus dem Schleudergang geworfen auf dem Jahrmarktsplatz. Ludo hatte eine interessante Föhnfrisur. Silvania sah zu Boden und presste die Lippen aufeinander. Sie war sich noch nicht sicher, was die Hackfleischklöpschen in ihrem Magen vorhatten. Jacob hielt sich so lässig wie möglich an einem Laternenmast fest. Seine Beine waren lang. Und nach der Achterbahnfahrt sehr elastisch. Während des Loopings hatte er die Augen geschlossen und war damit beschäftigt gewesen, sein eigenes Mittagessen (Spiegelei, Spinat und Kartoffeln) unter Kontrolle zu halten. Von Silvanias Geflopse und Gefliege hatte er nichts mitbekommen. Sonst hätte er sich womöglich Gesine Schlotzer angeschlossen und den Jahrmarkt schnurstracks verlassen.

„Da drüben ist sie!“, rief Helene. Sie zeigte auf ein Fahrgeschäft. Es hatte eine Fassade wie eine Schlossruine. Die Türme waren dunkel und die Fenster voller Spinnweben. Aus einem Fenster sah ein Totenkopf und aus einem anderen ein Monster mit spitzen grünen Ohren, irren Glubschaugen und Wangen voller Warzen. „Los, gehen wir!“

Ein paar Minuten später saßen Helene und Daka in der Geisterbahn. Auf den Sitzen vor ihnen saßen Silvania und Jacob. Ludo wartete vor der Geisterbahn. Er hatte erklärt, dass ihm vom Bahnfahren schlecht wird. In Wirklichkeit wollte er nicht in die Geisterbahn, da er so schon genug Geister sah. Auch, wenn ihm das keiner glauben wollte.

Die Geisterbahn ratterte los, in einen tiefen, finsteren Schlund hinein. Aus dem Dunkel kamen furchterregende Geräusche. Eine Holztür knarrte, ein Wolf heulte und eine Hexe lachte. Plötzlich sprang in einer finsteren Kurve ein Monster aus einem Karton. Silvania schrie auf. Jacob zuckte zusammen. Helene beugte sich aus dem Wagen, um besser sehen zu können. Auch Daka musterte das Monster genau. Es war aus Pappe.

Jetzt fuhr die Geisterbahn in einen blutrot beleuchteten Tunnel. An den Wänden krabbelten riesige Würmer und Spinnen. Daka bekam Hunger und tippte einen Wurm an. Er war aus Plastik.

Kurz bevor die Geisterbahn aus dem Tunnel fuhr, flog eine Gestalt vor den Tunnelausgang. Sie breitete den weiten schwarzen Mantel aus und lachte finster. Dabei blitzten zwei lange Eckzähne auf. Die Zähne waren blutverschmiert. Die Augen des Mannes leuchteten rot. Sie schielten etwas. An einer Wange blätterte eine Hautschicht ab. Die Frisur war zerzaust und saß etwas schief. Die Geisterbahn fuhr auf die Vampirpuppe zu. In letzter Sekunde flog der falsche Vampir zur Seite.

Helene zupfte Daka an ihrer Spinnenjacke. „Euer Vater könnte das tausend Mal besser.“

Daka nickte. Ein Vampir mit einer alten Perücke, Silberblick und verfallener Haut. Das war gar kein

Vampir. Das war eine Frechheit! Kein Wunder, dass die Menschen so schlecht über Vampire dachten. Wenn es in allen Geisterbahnen so aussah, na dann boi noap! Daka spürte, dass sie etwas zwickte. Es war nicht Helene. Es war kein Pappmonster. Und es war auch nicht die Zahnfeile in ihrer Jackentasche. Was Daka zwickte, war ihr Stolz. Sie war zwar nur ein Halbvampir, aber trotzdem fühlte sie sich von dem zerlotterten, schielenden Pappvampir beleidigt. Für Daka stand fest: Sie musste die Ehre der Vampire retten! Sie stand auf und breitete die Arme aus.

„Was hast du vor?", fragte Helene. Ihre Augen leuchteten vor Aufregung.

„Zeigen, was ein echter Vampir ist." Mit diesen Worten flog Daka los.

Die Geisterbahn fuhr in eine lange Kurve, in der links und rechts Drachenköpfe aufleuchteten. Helene reckte den Hals nach Daka. Hoffentlich hatte sie sich nicht verflogen. Auf einmal schoss eine kleine dunkle Gestalt wie ein Pfeil auf die Geisterbahn zu. „Onu, zoi, trosch!", rief sie. Daka hatte die Kapuze bis zur Nasenspitze gezogen, ihre Zähne leuchteten. Sie raste nur wenige Millimeter über die Köpfe der Geisterbahnpassagiere hinweg und stieß einen bestialischen Schrei aus. Helene bekam eine Gänsehaut. „Cool", hauchte sie.

Jacob standen die rotblonden Haare auf den Armen zu Berge. Die fliegende Pappfigur hatte seinen Kopf gestreift. Für eine Pappfigur konnte sie sehr gut fliegen. Und für eine Pappfigur war sie irgendwie

… unpappig. Sie sah sehr lebendig aus. Sie erinnerte Jacob an jemanden. Nur an wen? Seine pferdeverrückte Cousine aus Wales? Hm. An die Hauptdarstellerin im Krimi vom letzten Sonntag? Hm. Oder an die Figur auf Level vier in Toms Computerspiel?

Jacob blieb keine Zeit, weiter darüber nachzudenken. Dieses Mal kam die Gestalt von hinten über die Köpfe der Geisterbahnpassagiere gesaust. Dabei rief sie: „Krötz jobju suchoi murja!“ (Das war Vampwanisch und ein schlimmer Schimpfausdruck, wie man ihn nur in einer Geisterbahn rufen kann, in der ihn keiner versteht.) Jacob kniff die Augen zusammen und sah der fliegenden Gestalt hinterher. Er glaubte, lilafarbene Gummistiefel zu erkennen. Auf einmal wusste er, an wen ihn die Gestalt erinnerte. „Die sah aus wie Daka!“, sagte er zu Silvania.

Silvania stieß einen schrillen Lacher aus. Dann wurde sie stocksteif. „Daka?“ Mit einem Ruck drehte sich Silvania um. Dakas Platz war leer. Silvania sah Helene fragend an. Die zuckte mit den Schultern und verzog die Mundwinkel zu einem schiefen Grinsen.

„Daka, du hast einen Doppelgä…“, begann Jacob, der sich gerade zu Daka umdrehen wollte.

„Guck mal da!“, rief Silvania schnell. Sie zeigte auf eine riesengroße grüne Spinne, die sich von der Decke abseilte.

Jacob nickte. Eine Spinne. Sehr schön. Er wollte sich wieder zu Daka umdrehen.

„Was heißt ‚Spinne‘ eigentlich auf Englisch?“, fragte Silvania schnell.

„Spider“, erwiderte Jacob und hielt in der Bewegung inne.

„Verstehe. Wie bei Spiderman.“

„Genau. Und weißt du, was ‚Batman‘ heißt?“, fragte Jacob.

„Ähm … klar. Bettenmann.“ Silvania lächelte.

„Nein. ‚Bat‘ heißt nicht ‚Bett‘. ‚Bed‘ heißt ‚Bett‘.“ Jacob hatte sich jetzt ganz seiner Nachhilfeschülerin zugewandt.

Silvania runzelte die Stirn. „Ich dachte immer, ‚bad‘ heißt ‚böse‘.“

„Ja. ‚Bad‘ heißt ‚böse‘. Aber ‚bed‘ heißt ‚Bett‘ und ‚bat‘ heißt …“

„Fledermaus“, kam eine Stimme von hinten.

Silvania und Jacob fuhren herum. Daka saß auf ihrem Platz und lächelte sie an. Sie sah unschuldig aus. Und leicht zerzaust. Silvania warf ihrer Schwester einen drohenden Blick zu. Er sah ganz schön „bad“ aus.

Zoff, Schwester!

Ludo sah, wie seine Freunde aus der Geisterbahn kamen. Silvania taumelte. Jacob schwankte. Helene schlenderte und Daka hüpfte. „Wie waren die Geister?“, fragte er.

Daka winkte ab. „Alle aus Pappe.“

„Bis auf diesen einen kleinen Vampir oder was das sein sollte. Der sah richtig echt aus“, sagte Jacob.

„Ja, der war cool“, meinte Helene. Sie warf Daka einen verschwörerischen Blick zu.

„Ich fand den überhaupt nicht cool“, warf Silvania ein. „Der kleine Vampir war eindeutig ZU VIEL.“ Silvania sah ihre Schwester an.

„Ach ja?“ Daka verschränkte die Arme. „Und was war der schielende, verrottete Vampir vorher?“

Silvania überlegte einen Moment. „Eine Pappfigur?“

„Nein. Eine Zumutung!“ Daka stampfte mit einem Fuß auf.

„Für wen?“, fragte Jacob.

„Na, für alle Vampire“, erwiderte Daka.

Jacob zog die Augenbrauen hoch.

„Das ist noch lange kein Grund, gegen die sieben radikalen Regeln zu verstoßen“, zischte Silvania.

Daka schnaufte. „Das musst DU gerade sagen! Meinst du, ich habe nicht gemerkt, dass du in der Achterbahn geflogen bist?“

Silvania wurde noch blasser, als sie schon war. Nur um ihre Augen bildeten sich rote Kringel. Sie blickte nervös zu Jacob.

Helene hatte Silvanias rote Augenringe und ihren nervösen Blick bemerkt. Sie klatschte in die Hände. „Ich habe Hunger. Holen wir uns was zu essen.“

„Ja!“, rief Daka. „Blutzuckerwatte!“

Ludo verzog das Gesicht.

Jacob musterte Daka besorgt.

„Also ich will eine Waffel. Wer kommt mit?“, fragte Helene.

Sie gingen gemeinsam zum Stand von Waffelwerner. Silvania und Daka blieben etwas abseits stehen, während die anderen Waffeln und Getränke holten. Die Schwestern hatten einiges zu bereden.

„Kannst du dich nicht einfach ganz normal benehmen?“, fragte Silvania.

„Ich benehme mich total normal“, fand Daka.

„Ich meine, wie ein normaler Mensch.“

„Ich bin aber kein normaler Mensch“, stellte Daka klar. „Ich bin gar kein Mensch. Und du auch nicht.“

„Ich weiß. Aber wir leben unter Menschen. Wir müssen uns anpassen.“

„Deswegen bleiben wir trotzdem Halbvampire.“ Daka hatte die Hände in die Hüfte gestemmt.

„Pssst!“, zischte Silvania und sah sich nach allen Seiten um.

„Also ich will mich nicht verstecken.“ Daka streckte die Brust heraus.

„Das musst du auch nicht.“

„Warum bist du dann so sauer?"

„Weil du vor Jacob von Blutzuckerwatte, Mausschwanzschießen, Knochenbrechern und all den Sachen redest und ihm dann noch über den Kopf fliegst."

Daka zuckte mit den Schultern. „Ich glaube, das hat ihm gefallen."

Silvania schnaufte. „Aber nur, weil er nicht wusste, dass du der kleine Vampir warst."

„Und was wäre, wenn er das wüsste?"

Silvania riss die lindgrünen Augen auf. „Das wäre eine Katastrophe! Dann müsste ich ihm erklären, dass du ein Halbvampir bist, dass ich ein Halbvampir bin und Papa ein echter Vampir."

„Und dann?"

„Dann würde er schreiend davonlaufen, die Polizei verständigen oder die Irrenanstalt. Auf jeden Fall würde er mir nie wieder Nachhilfe geben." Die roten Ringe um Silvanias Augen waren mittlerweile so groß wie Erdbeerdonuts.

„Gumox", meinte Daka. „Bestimmt fände er es total cool, einem Halbvampir Nachhilfe zu geben."

Silvania sah ihre Schwester zweifelnd an.

„Weißt du was? Ich helfe dir", verkündete Daka.

Silvania zog die Augenbrauen zusammen. „Und wie?"

Daka zuckte mit einer Schulter und grinste. „Ich sag es ihm einfach." Mit diesen Worten drehte sie sich um.

„NEIN!", schrie Silvania.

„FUMPFS!", schrie Daka.

„AUTSCH!“, schrie Jacob.

Daka war Jacob mit der ganzen Wucht ihrer Gummistiefel auf den Fuß getreten. Jacob hatte mit einer Sahne-Kirsch-Waffel und einem Becher Limo direkt hinter Daka gestanden. Die Sahne der Sahne-Kirsch-Waffel klebte an Jacobs Sweatshirt. Die Hälfte der Limo hatte sein rot-blau gestreifter Schal aufgesaugt.

„Schlotz zoppo!“, rief Daka. „Es tut mir leid.“ Sie fuhr sich durch die Haare und fuchtelte mit den Armen. Dann fiel ihr zum Glück ein, was zu tun war. Daka bückte sich und spuckte dreimal kräftig auf Jacobs Fuß.

Jacob starrte Daka an. Dann starrte er auf seinen Fuß. Auf der Spitze seines Turnschuhs hatte sich eine Speichelpfütze gebildet. Langsam bahnte sie sich ihren Weg und floss seitlich vom Schuh herunter.

Silvania, Helene und Ludo sahen Jacob betreten an.

„Geht es schon besser?“, fragte Daka leise.

Jacob schüttelte langsam den Kopf. Er drückte Daka wortlos die Waffel und den Limobecher in die Hand. Dann zog er seine Uhr aus der Hosentasche, warf einen Blick darauf und sagte: „Die Nachhilfestunde ist vorbei. Ich geh dann mal lieber.“

„Oh“, machte Silvania.

Jacob sah sie einen Moment an, ohne eine Miene zu verziehen. Dann wandte er sich zum Gehen.

„Warte! Ich … ich … ich“, begann Silvania. „Ich wasche den Schal.“ Bevor Jacob sich versehen konnte, hatte Silvania ihm den Schal abgenommen.

Er stutzte. „Okay“, sagte er dann. Er warf einen kurzen Blick auf Helene, Ludo und Daka, sagte „Viel Spaß noch“, drehte sich um und verschwand im Jahrmarktsgewimmel.

Silvania seufzte.

Waffelwerner hatte den Kopf auf die Hände gestützt. Er blickte aus seiner Waffelbude und seufzte ebenfalls. Die gute Sahne.

„War das jetzt meine Schuld?“, fragte Daka mit gesenktem Kopf.

Helene legte Daka die Hand auf die Schulter. „So ein Zusammenstoß kann jedem mal passieren.“

„Aber nicht jeder spuckt dem anderen danach auf den Schuh“, meinte Silvania.

„Stimmt“, sagte Ludo.

„Das ist doch höflich“, verteidigte sich Daka.

„In Transsilvanien“, erwiderte Silvania. „Aber nicht hier.“ Wenn sich in Transsilvanien jemand verletzte, sich wehtat oder sonstige Schmerzen hatte, spuckte man ihm dreimal auf die betreffende Stelle. Je mehr Speichel, desto besser.

„Na und. Ich wette, es hilft trotzdem“, sagte Daka.

„Gumox“, meinte Silvania. „Weißt du, was helfen würde? Wenn du dich normal verhalten würdest, statt meinen Nachhilfelehrer zu verschrecken.“

„Was ist denn normal? In Bistrien war ich total normal und ich habe mich seitdem nicht verändert.“ Daka verschränkte die Arme.

„Genau das ist das Problem. Aber deine Umgebung hat sich verändert“, erklärte Silvania.

„Na dann ist die Sache ja klar: Ich bin normal, nur meine Umgebung nicht. Es ist also nicht meine Schuld. Du musst dich bei der Umgebung beschweren."

„Nein. Wenn die Umgebung sich verändert, muss man sich auch verändern. Das nennt man Anpassung", stellte Silvania klar.

„Ich will mich aber nicht anpassen", sagte Daka.

„Dann wirst du über längere Zeit ausgerottet werden. Das ist wie bei der Evolution. Die Lebewesen, die sich am besten an die sich ändernden Umweltbedingungen anpassen konnten, leben noch. Alle anderen sind hinüber."

„Totaler Gumox!" Daka verschränkte die Arme. „Schon mal was von Artenreichtum gehört? Außerdem könnten die Menschen ja auch etwas von uns lernen."

„Ja!", rief Helene. „Fliegen!"

„Oder Flopsen", meinte Ludo.

Daka nickte. „Genau. Die Menschen machen das ja nur nicht, weil sie es nicht können."

„Aber deswegen kannst du dich trotzdem nicht benehmen, als wärest du in Transsilvanien", erwiderte Silvania.

Daka zuckte mit den Schultern. „In Transsilvanien hat das auch keinen Menschen gestört."

„Da wussten ja auch alle, dass wir Halbvampire sind. In Deutschland sind wir doch sozusagen ... inkognito."

„In Kack was?" Daka sah ihre Schwester mit großen Augen an.

„Inkognito. Heimlich“, flüsterte Silvania. „Niemand darf wissen, dass wir Halbvampire sind.“

„Und wieso?“

Silvania holte tief Luft. Ihre Schwester wusste genau, wieso. „Weil wir sonst in die Irrenanstalt gesteckt werden.“

„Kann man da flopsen und fliegen?“, fragte Daka.

„NEIN!“

„Ruhig Blut, Schwester!“, sagte Daka.

Silvania hatte eine ungesunde rote Gesichtsfarbe. Sie schnaufte aus den Nasenlöchern wie ein Stier.

Ludo und Helene hatten während des Wortwechsels zwischen den Zwillingen hin und her gesehen. Ihnen wurde langsam schwindlig. Vom Zusehen und vom Zuhören.

Silvania atmete tief durch. „Mit MEINEM Blut ist alles in Ordnung. ICH habe mich unter Kontrolle. Im Gegensatz zu DIR!“

Daka reichte es langsam. Eigentlich mochte sie ihre Schwester. Manchmal sogar sehr. Aber manchmal auch weniger. Daka holte gerade für eine lautstarke Antwort Luft, als Helene ihr zuvorkam.

„Guckt mal da drüben: *Orakulum Spektakulum. Weissagungen und Wünsche*“, rief sie und schob sich zwischen die Schwestern. Sie hakte sich mit dem linken Arm bei Silvania ein und mit dem rechten bei Daka. „Das ist genau das Richtige für euch. Da gehen wir jetzt hin. Ihr könnt euch weissagen lassen, was die Evolution so bringt.“

Während Helene bereits mit den überrumpelten

Zwillingen im Schlepptau auf das *Orakulum Spektakulum* zulief, zögerte Ludo. Er hatte ein merkwürdiges Gefühl. Er konnte das Gefühl förmlich schmecken. Es schmeckte wie scharfer Senf mit Himbeermarmelade.

Wunderliche Weissagung

Das *Orakulum Spektakulum* war eines der ältesten Attraktionen des Jahrmarktes. Von außen sah es aus wie ein orientalischer Palast. Unter drei gold glänzenden Kuppeln befand sich eine Art Vorbau aus drei sandsteinfarbenen Bögen. Der mittlere Bogen bildete den Eingang des *Orakulum Spektakulum*. Ein paar Schritte, nachdem der Besucher durch den Bogen getreten war, stieß er auf einen orangegelben Vorhang. In den Vorhang waren Glitzersteine eingearbeitet, die ihn wie Sonnenstrahlen leuchten ließen. Schob der Besucher den Vorhang zur Seite und trat in den anschließenden Raum, war er sofort von einem schweren, süßlichen Geruch und leiser, fremdländischer Musik umgeben. Die Wände des Raums waren mit feinen, wallenden Tüchern geschmückt. Den Boden bedeckte ein weicher Teppich mit orientalischem Muster. Auf dem Teppich lagen viele Kissen. Große, kleine, runde, eckige, weiche und prall gepolsterte. Am hinteren Ende des Raums hing ein weißer Vorhang, dessen Rand von lauter kleinen Glöckchen gesäumt war. Zwei Schritte vor dem Vorhang stand ein ausgestopfter Tiger. Er stand parallel zum Vorhang. Den Kopf aber hatte er dem Besucher zugewandt und sah ihn mit seinen grünen, starren Augen bedrohlich an. Neben dem Tiger standen mehrere Schüsselchen, Fläschchen und

Schachteln auf dem Boden. Durch den weißen Vorhang schien ein seltsames, milchiges Licht. Es wurde von den zahlreichen Mobiles reflektiert, die von der tiefen Decke hingen und leise klimperten.

Obwohl draußen auf dem Jahrmarkt die Sonne schien, kam sich jeder Besucher des *Orakulum Spektakulum* wie in Tausendundeiner Nacht vor. Die Zeit schien stillzustehen. Die Luft flimmerte vor Geheimnissen.

So ging es auch Daka und Silvania Tepes. Auf Drängen von Helene hatten sie sich eine Eintrittskarte gekauft. Jetzt standen sie auf dem flauschigen Teppich dicht beieinander und sahen sich um, ohne sich von der Stelle zu rühren. Zum ausgestopften Tiger hielten sie gebührenden Abstand.

„Was machen wir jetzt?“, flüsterte Silvania.

„Klingeln“, meinte Daka.

Silvania sah sich um. „Keine Klingel da.“

Daka stieß an ein Mobile. Es klimperte. „Hallo?“, rief sie laut.

„Hallo! Ist da wer?“, rief Silvania.

„Herr Orakulum?“, rief Daka.

„Oder Frau Spektakulum?“, rief Silvania.

Bis auf die leise Musik und das Geklimper der Mobiles blieb es still im Raum.

„Vielleicht hat uns das *Spektakulum Orakulum* nichts zu sagen“, meinte Daka.

Silvania nickte ernst. „Wir sind ein zu schwieriger Fall.“

Plötzlich bimmelten die Glöckchen am weißen Vorhang und ein Mann trat hindurch, beziehungsweise schwebte er – so sah es zumindest aus. Er war etwas rundlich und trug eine weite cremefarbene Stoffhose, die am Bauch und an den Fußfesseln mit breiten roten Bändern zusammengebunden war. Die Füße waren nackt. Die Zehennägel rot lackiert. Den Oberkörper schmückte ein leichtes weißes Hemd, das nur am Bauch mit einem Knoten zusammengebunden war. Auf der Brust baumelte eine Kette aus bunten Steinen. Die Kette reichte bis zum Bauch, der sich wie bei einer Schwangeren wölbte. Auf der Brust war eine Narbe zu erkennen. Seine Haare waren von einem turbanähnlichen roten Knäuel bedeckt. Der Mann trug eine Nickelbrille, hatte eine kleine runde Nase und einen schönen Mund mit vollen Lippen. Die kleinen Augen hinter der Nickelbrille funkelten neugierig, als er die Zwillinge erblickte.

„Tretet näher, tretet näher, verehrte Lebenshungrige und Sinnsuchende", sagte der Mann und machte dabei drei kleine Balletthopser.

Silvania und Daka musterten den Mann.

Silvania musste bei dem Anblick an den großen Gymnastikball denken, auf dem Tante Karpa immer durchs Wohnzimmer rollte.

Daka erinnerte der Mann an ein Wildschwein. Vielleicht lag es an den Brusthaaren.

Die Schwestern warfen sich einen fragenden Blick zu. Schließlich zuckte Daka mit den Schultern. Gemeinsam traten sie vor.

„Mein Name ist Ali Bin Schick." Der Mann verbeugte sich. Dabei hielt er mit einer Hand den Turban fest und beschrieb mit der anderen einen weiten Bogen.

„Daka Tepes“, sagte Daka und holte aus, um Ali Bin Schick eine Kopfnuss zu geben. Silvania hielt sie in letzter Sekunde zurück.

„Silvania Tepes“, sagte sie und machte einen Knicks.

Ali Bin Schick lächelte und deutete auf zwei Kissen, die vor dem ausgestopften Tiger lagen. „Nehmet Platz!“

Daka und Silvania setzten sich.

Ali Bin Schick kniete sich hinter den Tiger. Er legte die Hände mit gespreizten Fingern aneinander. Die Nickelbrille war ihm auf die Nasenspitze gerutscht und er musterte seine beiden neuen Kundinnen. Erst Daka Tepes. Ganz langsam. Von der obersten dunklen Haarspitze bis zu den Sohlen der Gummistiefel. Dann Silvania Tepes. Ganz langsam. Vom oberen Hutrand bis zum Absatz der Stiefeletten. Dabei nickte er und brummte „hm, hm, hm“.

Die Zwillinge saßen stocksteif auf den Kissen. Daka wagte nicht zu zwinkern und Silvania nicht zu schlucken.

Auf einmal klatschte Ali Bin Schick in die Hände.

Daka zwinkerte dreimal hintereinander.

Silvania verschluckte sich.

„Beginnen wir mit den Weissagungen“, sagte Ali Bin Schick. „Wagen wir den Blick in die Zukunft. Lüften wir den Schleier des Schicksals.“ Ali Bin Schick zeigte auf Dakas und Silvanias Füße. „Bitte frei machen.“

Daka sah den Wahrsager mit großen Augen an. Meinte er, sie sollten sich eine Briefmarke auf die Füße kleben, oder …

„Wir sollen unsere Schuhe ausziehen?“, fragte Silvania.

Ali Bin Schick nickte und machte ein ernstes Gesicht.

„Warum?“, fragte Daka.

„Heidewitzka! Damit ich Fußlesen kann, selbstverständlich.“

„Fußlesen?“ Silvania zog die Augenbrauen hoch.

„Verwechseln Sie da vielleicht etwas?“, fragte Daka.

Ali Bin Schick warf Daka einen tadelnden Blick zu. „Ich? Etwas verwechseln? Tze! Ich bin ein absoluter Profi, was Wahrsagungen und Wünsche betrifft.“

Daka nickte schnell. „Klar. Ich meine ja nur, jeder kann doch mal etwas verwechseln … Ich habe zum Beispiel schon einmal einen Stein mit einem Stück Blutwurst verwechselt und mir beinahe einen Zahn ausgebissen.“ Allerdings hatte Daka noch nie ihre Füße mit ihren Händen verwechselt.

Ali Bin Schick stand auf und tänzelte zu den Schüsselchen, die neben dem Tiger standen. „Die Fußlesekunst ist eine der ältesten Künste der Menschheit. Da sie sehr komplex und anspruchsvoll ist, ist sie zugunsten der viel einfacheren Handlesekunst mehr und mehr zurückgedrängt worden. Dabei verraten die Füße eines Menschen viel mehr über seinen Charakter und sein Schicksal. Die Füße sind bei jedem Menschen ganz individuell ausgeprägt. Sie dokumentieren seinen Lebensweg. Welches Körperteil, wenn nicht die Füße, sollte bloßlegen, wohin ein Mensch in Zukunft geht, welche Schritte er wagt, welche Stolpersteine auf ihn zukommen, welche Berge er erklimmen wird?" Ali Bin Schick stemmte die Hände in die breite Hüfte. Er sah die Zwillinge herausfordernd an.

Die Zwillinge starrten den Wahrsager an und nickten gleichzeitig.

„Hände sind trügerisch. Sie werden viel zu oft gewaschen, eingeseift und eingecremt", fuhr Ali Bin Schick fort. Er stellte zwei kleine Schüsseln mit Wasser vor die Schwestern. Neben die Schüsseln legte er zwei Handtücher. „Füße dagegen lügen nie. Sie spüren jeden Schritt im Leben. Manche bekommen Hornhaut, Warzen oder Hühneraugen. Es gibt schöne Füße, Plattfüße, Knickfüße, Schweißfüße ..."

Silvania rümpfte die Nase.

Daka beugte sich vor und versuchte, in ihre Gummistiefel zu riechen.

„... aber alle Füße sagen die Wahrheit. Sie können gar nicht anders." Ali Bin Schick zuckte mit den Schultern und lächelte. „Also", sagte er und deutete auf die Füße der Zwillinge. „Frei machen, säubern, abtrocknen und auf den Tigerrücken legen, bitte sehr."

Daka und Silvania zögerten. Sie hatten noch nie von Fußlesen gehört. Vielleicht war es in Transsilvanien einfach nicht so verbreitet wie in Deutschland. Obwohl dort sehr auf die Pflege und Bewahrung alter Traditionen und Künste geachtet wurde. Aber das Fußlesen – eine der ältesten Künste der Menschheit – schien in Transsilvanien in Vergessenheit geraten zu sein.

Silvania streifte schließlich als Erste die schwarzen Halbstiefel ab und zog die langen roten Kniestrümpfe aus. Wenn man in Deutschland die Füße las, dann wollte sie sich auch die Füße lesen lassen. Sie wusch die Füße in dem lauwarmen Wasser. Es roch angenehm fruchtig. Dann trocknete sie die Füße ab und legte sie auf den Tigerrücken.

Ali Bin Schick kniete sich von der anderen Seite vor den Tiger. Er näherte sich Silvanias Fuß, bis er beinahe mit der Nasenspitze die Fußsohle berührte. „Interessant. Höchst interessant“, murmelte er, während er Silvanias Fußsohlen begutachtete. „Außerordentlich interessant.“

„Was sehen Sie?“, fragte Silvania.

„Die Sache ist ganz klar: Du tendierst zum Spreizfuß.“ Ali Bin Schick blickte triumphierend auf.

„Was?“ Silvania starrte auf ihre Füße.

Daka hatte den Kopf schräg gelegt und musterte die Füße ihrer Schwester. Sie nickte kaum merklich.

Silvania sah den Wahrsager enttäuscht an. „Mehr sehen Sie nicht?“

Ali Bin Schick streckte den Bauch heraus. „Selbstverständlich sehe ich mehr. Ich wollte nur mit etwas Nettem zur Einstimmung beginnen. Also.“ Ali Bin Schick spreizte die Finger und beschrieb einen Bogen um Silvanias Fuß. Er holte tief Luft und begann: „Du hast ein bewegtes Leben hinter dir und ein noch bewegteres Leben vor dir. Du bist schon viel herumgekommen. Allerdings nicht immer zu Fuß. Du bist oft geflogen, nicht wahr?“

Silvania nickte langsam.

Ali Bin Schick betrachtete sie einen Moment. Seine kleinen Augen funkelten geheimnisvoll. Dann fuhr er fort: „Du hast deine alte Heimat hinter dir gelassen, um eine neue zu finden. Es wird dir gelingen, aber nur, wenn du deine alte Heimat nicht vergisst. In allernächster Zukunft wartet eine schwere Prüfung auf dich. Dich erwarten schlaflose Nächte, beängstigende Kräfte und ...“, Ali Bin Schick sah Silvania mitleidig an, „ich fürchte, ich muss es sagen: tödliche Begierde.“ Er beugte sich zu Silvanias rechtem Fuß und studierte ihn angestrengt. „Ich erkenne es anhand der Schicksalslinie nur undeutlich, aber alles wird offenbar durch ein Missgeschick ausgelöst. Was es genau ist, kann ich jedoch nicht sehen.“

Silvania, die als Saikatotänzerin sehr gelenkig war, zog den rechten Fuß an sich heran und sah auf die Fußsohle. Schlaflose Nächte klang gar nicht schlecht. Aber beängstigende Kräfte? Tödliche Begierde?!?

„Hat es zufällig etwas mit Tauben zu tun?“, fragte Daka, die ihre Schwester besorgt musterte. Daka und Silvania Tepes hatten ein Tauben-Trauma, seit sie bei einem Ausflug in einen Schwarm Ringeltauben geraten waren.

Ali Bin Schick schüttelte den Kopf. Sein Turban verrutschte etwas. „Keine Tauben in Sicht“, sagte er zu Daka. „So, und wenn du jetzt so freundlich wärest, dich frei zu machen."

„Moment!", rief Silvania. „Was ist mit Liebe?"

„Die Liebeslinien am großen Fußballen sind bei dir noch nicht richtig ausgeprägt. Dafür ist mir aufgefallen, dass deine Kopflinie sehr stark ist. Vielleicht solltest du dir nicht so viele Gedanken über die Liebe machen", riet Ali Bin Schick.

Daka nickte.

Silvania schnappte nach Luft. Nicht so viele Gedanken über die Liebe machen? Aber worüber denn sonst?

Daka zog die lilafarbenen Gummistiefel aus und streifte die Leggins ein Stück nach oben. Vorsichtig tauchte sie die Füße mit der Ferse in die Wasserschüssel. Zwischen ihren Zehen steckten Krümel. Es waren keine Sockenkrümel, keine Hornhautkrümel und auch keine gemeinen Dreckkrümel. Daka hatte Heimaterde zwischen den Zehen. Sie durfte sie auf keinen Fall verlieren.

Für Vampire und Halbvampire war Heimaterde lebenswichtig. Ohne Heimaterde wurden sie immer schwächer, bekamen Juckreiz und redeten wirr, bis sie schließlich in ein Koma fielen, aus dem sie womöglich nie wieder erwachten. Silvania war vor Kurzem so einem Koma nur haarscharf entkommen. Daka hatte gerade noch rechtzeitig eingegriffen, ein paar Krümel Heimaterde aus ihren Zehen gepult und ihrer Schwester in die Nase gestopft.

Daka trocknete die Füße behutsam ab und legte sie auf den Tigerrücken.

Ali Bin Schick rückte dicht an die Füße heran und betrachtete sie eingehend. „Oho“, sagte er. Und „aha“ und „hm, hm“ und „heidewitzka“.

Daka tippte ungeduldig mit den Fingern auf den Teppich. „Habe ich auch einen Spreizfuß?“

Ali Bin Schick schüttelte den Kopf. „Dafür hast du Dreck zwischen den Zehen.“

Daka verkrampfte die Zehen sofort. Ihre Heimaterde gab sie nicht her. Da musste Ali Bin Schick eben um die Krümel herum lesen.

Ali Bin Schick musterte Daka eindringlich. „Besser Dreck zwischen den Zehen als Fußpilz, was?“, sagte er dann und lächelte. Er spreizte die Finger und beschrieb eine Wellenlinie um Dakas Füße. „Dein Leben scheint voller Abenteuer zu sein. Und du scheust sie nicht, im Gegenteil, du suchst sie. Dich dürstet geradezu nach Erlebnissen mit Nervenkitzel, nicht wahr?“

Daka wiegte den Kopf.

Silvania nickte.

Ali Bin Schick richtete den Blick wieder auf Dakas Fußsohlen und seufzte. „Auch für dich sieht die allernächste Zukunft nicht gerade rosig aus. Deine Lebenslinie hier bekommt einen seltsamen Knick. Und die Gesundheitskreise auf den Zehen werden immer kleiner. Ein ganz schlechtes Zeichen“, meinte Ali Bin Schick, der in der Luft mit dem Finger die Linien und Kreise auf Dakas Fußsohle nachahmte.

„Erwarten mich auch schlaflose Nächte?“, fragte Daka.

Ali Bin Schick schüttelte den Kopf. „Ganz und gar

nicht. Auf dich kommen Turbulenzen, gefährliche Situationen und ...“, der Wahrsager verzog das Gesicht, „... beißende Schmerzen zu.“

Daka starrte den Wahrsager mit offenem Mund an. Beißende Schmerzen. Schmerzen?!? Ein Halbvampir kennt keinen Schmerz. „Und wo kommen die her, die Schmerzen?“

Ali Bin Schick nahm Dakas Fuß in die Hand und betrachtete ihn genau. „Du fügst sie dir selbst zu.“

Daka sah den Wahrsager ungläubig an. Und dafür hatte sie nun drei Euro fünfzig bezahlt.

Silvania legte Daka den Arm um die Schulter und flüsterte: „Nimm es nicht so ernst.“ Dann sagte sie laut zum Wahrsager: „Können Sie denn nicht irgendetwas Positives sagen?“

Ali Bin Schick hüstelte. „Das würde ich gerne, glaubt mir. Aber ich kann ja nur das sagen, was ich sehe. Etwas Positives bekommt man bei der Maniküre gesagt, bei mir bekommt man die Wahrheit. Die ist nicht immer positiv. Tut mir leid.“

Daka sah Ali Bin Schick fassungslos an. Das war alles, was er ihr prophezeite? Turbulenzen, gefährliche Situationen und beißende Schmerzen? Das klang nach einem Flugzeugabsturz. Einer Naturkatastrophe. Einem Zahnarztbesuch. Auf jeden Fall klang es gar nicht gut.

Schlaflose Nächte, beängstigende Kräfte, tödliche Begierde, dachte Silvania. Das hörte sich an wie ein Thriller. Wer wollte schon, dass sein Leben ein einziger Thriller war? Silvania Tepes auf jeden Fall nicht.

„Aber, meine Lieben“, sagte Ali Bin Schick, hielt den Zeigefinger in die Höhe und drehte sich einmal auf der lackierten Zehenspitze um sich selbst. Trotz seiner Körperfülle sah es sehr elegant aus. „Im *Orakulum Spektakulum* werden nicht nur Weissagungen getroffen, sondern auch Wünsche erfüllt.“ Ali Bin Schick lächelte. „Ihr habt doch Wünsche, oder?“

Daka und Silvania vergaßen Turbulenzen, tödliche Begierden und gefährliche Situationen und nickten schnell. Sie zogen ihre Strümpfe und Schuhe wieder an. Daka hielt inne und blickte fragend auf. „Oder brauchen Sie auch dazu unsere Füße?“

Ali Bin Schick winkte mit beiden Händen gleichzeitig ab. „Füße sind keine Mittler für Sehnsüchte, Träume und Wünsche. Sie stehen auf dem Boden, sind mit der Wirklichkeit verankert. Wünsche jedoch sind losgelöst, sie schweben und lassen sich treiben, bis sie sich erfüllen.“ Ali Bin Schick stellte zwei Schüsselchen, kaum größer als ein Flaschendeckel, auf den Tigerrücken. Er holte eine dunkelblaue Flasche aus einem Regal. Mit gekonntem Griff zog er den Korken aus dem Flaschenhals und goss eine goldene Flüssigkeit in die Schüsselchen. Sie war dickflüssig und glänzte wie Honig. Ali Bin Schick beugte sich über die Schüsselchen, schloss die Augen, atmete tief ein und seufzte. So verharrte er ein paar Sekunden.

Daka und Silvania beobachteten den Wahrsager. Silvania warf ihrer Schwester einen fragenden Blick zu. Daka zuckte mit den Schultern.

Mit einem weiteren Seufzer öffnete Ali Bin Schick die Augen. „Wenn ich euch jetzt bitten dürfte, ein Haar in eins der Schüsselchen zu legen."

„Ein Haar? Wieso denn ein Haar?", fragte Silvania.

„Du meinst, wieso nicht zwei Haare?", fragte Ali Bin Schick.

„Nein", erwiderte Silvania, „ich meine, wieso ein Haar und nicht ein ..."

„Auge", sagte Daka.

Silvania sah ihre Schwester irritiert an.

„Haare sind die perfekten Mittler für Wünsche", erklärte Ali Bin Schick. „Sie gehören zu uns, können sich dennoch lösen und können in die Unendlichkeit wachsen."

Daka fand, das klang einleuchtend. Außerdem gab sie Ali Bin Schick lieber ihr Haar als noch einmal ihren Fuß. Sie griff mit Daumen und Zeigefinger nach einem einzelnen Haar und zog es mit einem Ruck heraus. Es war pechschwarz und gerade wie die Borsten einer Ofenbürste. Sie legte es vorsichtig in eine der beiden kleinen Schüsseln. Sofort wurde das Haar von der goldenen Flüssigkeit umschlossen.

Silvania hatte derweil ein langes, welliges Haar von ihrem roten Kleid abgelesen und legte es in das andere Schüsselchen.

„Die Haare müssen einen Moment im Wunschpunschöl einweichen", erklärte der Wahrsager. Dann nahm er ein kleines, rundes Tablett, auf dem zwei wunderschöne, handtellergroße Blüten lagen. Die Blütenblätter waren weiß. An den Rändern verfärbten sie sich rosa, als hätte sie jemand in Himbeersaft getaucht. Der Blütenkelch war buttergelb. Ali Bin Schick stellte das Tablett mit den Blüten vor den Schwestern ab.

Daka und Silvania sahen auf die Blüten. Dann sahen sie fragend zu Ali Bin Schick.

„Gleich flüstert ihr eure Wünsche in die Blüten. Doch ich rate euch, dass ihr euch die Wünsche vorher gut überlegt. Ein Wunsch, einmal in die Sehnsuchtsblüte geflüstert und mit eurem Haar vereint, kann nicht rückgängig gemacht werden.“ Ali Bin Schick hatte den Kopf gesenkt und sah die Schwestern über den Rand seiner Nickelbrille ernst an. „Verstanden?“

Daka und Silvania nickten.

Daka Tepes wusste sehr genau, was sie sich wünschte. Da musste sie überhaupt nicht nachdenken. Sie verschränkte die Arme und reckte das Kinn. Sie war bereit.

Silvania Tepes hatten nur einen großen Wunsch. Den kannte sie sehr genau. Und nicht erst seit ein paar Sekunden. Sie war sich nur nicht sicher, ob er für drei Euro fünfzig nicht zu groß war. Aber warum sollte sie es nicht versuchen? Silvania streckte die Brust heraus und sah Ali Bin Schick an.

„Ihr seid offenbar bereit“, sagte Ali Bin Schick. „Dann nehmt die Blüten in beide Hände, führt sie behutsam zum Mund und flüstert euren Wunsch in die Blüte. Danach legt ihr die Blüte wieder auf das Tablett. Es ist wichtig, dass ihr ganz leise flüstert. Keiner darf euren Wunsch hören.“

Daka und Silvania folgten Ali Bin Schicks Anweisungen.

Silvania hielt sich die Blüte dicht vor den Mund und flüsterte: „BssBss, BssBss, BssBssBss."

Daka flüsterte: „PsePse, PsePse, PsePsePse." Ein Blütenblatt kitzelte sie an der Nase. Beinahe musste sie niesen.

Kaum hatten die Schwestern die Sehnsuchtsblüten auf dem Tablett abgesetzt, klatschte Ali Bin Schick in die Hände. „Das war's!"

„Schon?", fragte Silvania. „Wir müssen nicht noch irgendetwas machen ... vielleicht dreimal auf einem Bein um die Blüten herumhüpfen?"

„Oder in den Wunschpunsch spucken?", fragte Daka.

„Nein. Ihr könnt gehen. Um den Rest kümmere ich mich", sagte Ali Bin Schick.

Daka und Silvania sahen sich überrascht an. Mit einem Schulterzucken standen sie auf.

„Wie lange dauert es denn jetzt, bis die Wünsche in Erfüllung gehen?", fragte Silvania.

Ali Bin Schick spitzte die Lippen. „Das kann ich leider nicht genau abschätzen. Das kommt auf die Größe und Beschaffenheit eurer Wünsche an."

„Dauert es fünf Jahre oder fünf Minuten?", fragte Daka.

Ali Bin Schick verdrehte die Augen zur Decke, als würde er dort eine Antwort finden. „Sagen wir mal: Alles zwischen zwei Stunden und zwei Jahren ist möglich."

„Zwei Stunden!", rief Daka.

„Zwei Jahre!“, rief Silvania.

„Meistens dauert es zwei bis drei Tage“, sagte Ali Bin Schick. „Aber das kann ich nicht garantieren. Ich kenne eure Wünsche ja nicht.“

Daka und Silvania nickten. Das leuchtete ihnen ein. Sie fürchteten allerdings beide, dass ihr Wunsch so groß war, dass es zwei Jahre dauern würde, bis er sich erfüllte.

Sollte er sich überhaupt erfüllen.

Schlager machen glücklich

Ali Bin Schick drehte sich auf den Zehenspitzen. Er hatte beide Arme zur Seite ausgestreckt. Die Finger waren gespreizt. Er bückte sich und hob das Tablett mit den Sehnsuchtsblüten auf. Dabei summte er einen Schlager aus seiner Jugend vor sich hin. Geschickt tanzte er mit kleinen Schritten um die Kissen herum.

Ali Bin Schick liebte Tanzen. Und Schlager. Er konnte sie stundenlang vor sich hinsummen. Sie setzten Glücksgefühle in ihm frei. Außerdem, so glaubte er, wirkten sie sich positiv auf die Erfüllung der Wünsche aus.

Ali Bin Schick tänzelte mit drei kleinen Drehungen um den ausgestopften Tiger herum. Dann kniete er sich hin und summte eine beschwingte Melodie in die Sehnsuchtsblüten. Er stellte das Tablett neben den Schüsselchen ab. Mit beiden Händen fuhr er sich über sein weißes Hemd, hielt die Hände hoch und wackelte mit den Fingern. Er sah zur rechten Schüssel mit dem pechschwarzen borstigen Haar. Er sah zu den beiden Blüten. Seine rechte Hand senkte sich langsam über der linken Sehnsuchtsblüte. Er wollte die Blüte schon greifen, doch dann hielt Ali Bin Schick im letzten Moment inne. Sein Blick wanderte langsam zur rechten Sehnsuchtsblüte. Dort verharrte er einen Moment. Dann wanderte er weiter zum linken Schüsselchen mit dem rotbraunen gewellten Haar. Ali Bin Schick zog die Hand zurück und runzelte die Stirn.

Er richtete den Oberkörper auf und schüttelte den Kopf. Dann schloss er die Augen, atmete tief durch und massierte sich in kleinen Kreisen die Schläfen. „Ich bin Ali Bin Schick. Ich bin ein absoluter Profi bei Wahrsagungen und Wünschen“, murmelte er dabei vor sich hin. Er atmete lautstark aus, öffnete die Augen und sah zu den Blüten. „Ich weiß es. Ich weiß es ganz genau“, sagte er. Beherzt griff er nach der linken Sehnsuchtsblüte und ließ sie in das Schüsselchen mit dem pechschwarzen Haar gleiten.

Beinahe.

In letzter Sekunde, nur wenige Millimeter über dem Wunschpunschöl, hielt er inne. Er schielte zum Schüsselchen mit dem rotbraunen Haar. Ali Bin Schick presste die Lippen aufeinander und zog die Augenbrauen zusammen. Die Nickelbrille wackelte. „K-o-n-z-e-n-t-r-a-t-i-o-n“, ermahnte er sich stumm. Angestrengt betrachtete er die rechte Sehnsuchtsblüte. Doch die Blüten sahen vollkommen gleich aus. Es half nichts – Ali Bin Schick hatte es vermasselt. Er hatte nicht aufgepasst, als die Mädchen die Blüten zurück auf das Tablett gelegt hatten. Er hatte sich beim Tanzen einmal zu oft gedreht. Jetzt wusste er nicht mehr, welche Sehnsuchtsblüte von welchem Mädchen stammte und demzufolge in welches Schüsselchen gehörte. Schuld war nur der Schlager. Was konnte er dafür?

Ali Bin Schick kratzte sich unter dem Turban. Er

steckte den kleinen Finger in die Nase. Er stülpte die Lippen nach außen. Schließlich zuckte Ali Bin Schick die Schultern. Vielleicht hatten sich die Schwestern ja etwas Ähnliches gewünscht. Wahrscheinlich war es besser, irgendein Wunsch erfüllte sich, als gar keiner. Außerdem blieb immer noch eine Chance von 50 Prozent, dass er die Blüte in das richtige Schüsselchen legte.

Ali Bin Schick nahm eine Sehnsuchtsblüte in die linke Hand und die andere Sehnsuchtsblüte in die rechte Hand. Dann ließ er sie jeweils in eins der Schüsselchen gleiten. Die goldgelbe Flüssigkeit rann gemächlich über die Blütenblätter, bis sie die ganze Blüte bedeckte.

„Heidewitzka!", sagte Ali Bin Schick und rieb sich die Hände. Wieder hatte er eine überzeugende Show geliefert. Wieder hatten sie ihn für einen echten Wahrsager gehalten. Wieder hatte er zwei Menschen glücklich gemacht.

Höchstwahrscheinlich.

Wüssten diese beiden Mädchen, wer er wirklich war, würden sie schreiend davonlaufen.

Jagdpause

Im Lindenweg Nummer 21 zog Dirk van Kombast die schweren dunkelblauen Vorhänge zu. Einen Augenblick sah er hinüber zum Nachbarhaus. Dort wohnte Familie Tepes. Vor ein paar Wochen war ihr klappriger Möbelwagen aus Rumänien in den Lindenweg gebogen. Seitdem war nichts mehr, wie es war. Und schon gar nicht, wie es sein sollte.

Dirk van Kombast war Pharmavertreter. Er war gut aussehend, spielte gerne Squash mit Dr. Bohne und kaufte im Bio-Supermarkt ein. Am liebsten an Kasse vier. Dort saß die Verkäuferin mit den rotblonden, halblangen Haaren und den olivgrünen Katzenaugen. Doch weder Dr. Bohne noch die Bio-Verkäuferin kannten Dirk van Kombasts geheime Leidenschaft. Es war weder Tango noch Schokolade noch Briefmarken. Dirk van Kombast war ein leidenschaftlicher Vampirjäger.

Allerdings bis jetzt kein besonders erfolgreicher.

Obwohl er sich sicher war, dass sein Nachbar, Mihai Tepes, ein waschechter Vampir war und seine Töchter Halbvampire. Er hatte es mit eigenen Ohren und seinem Spezialabhörgerät, dem Vampire-Best-Bye-Bug, gehört. Das Spezialabhörgerät hatte er zur Reklamation zurück zum Hersteller in den USA geschickt. Es hatte einen Wackelkontakt. Aber Dirk van Kombast wollte sowieso nichts mehr hören. Und sehen wollte er die blutrünstigen Nachbarn auch nicht mehr. Alles, was er gerade wollte, war seine Ruhe. Er hatte eine ganze Woche an einem furchtbaren Durchfall gelitten. Fünf Großpackungen Klopapier hatte er aufgebraucht. Drei Kilo Körpergewicht hatte er verloren. Er fühlte sich wie ein ausgewrungener, schimmelnder Waschlappen. Und das alles nur, weil er einen kleinen Schluck vom Pflanzentrunk der Germania Dracona genommen hatte. Der Trunk rettete Vampiren das Leben und bescherte Menschen offenbar einen deftigen Durchfall. Woher sollte Dirk van Kombast das wissen?

Dirk van Kombast hatte sein Bestes gegeben. Doch jetzt war er ausgelaugt, fühlte sich leer und erschöpft. Er brauchte eine Pause. Er musste Kräfte sammeln. Denn die Jagd war nicht vorbei. Im Gegenteil.

Er ließ sich auf die brombeerfarbene Ledercouch fallen, streifte die himmelblauen Puschelhausschuhe ab und legte die Beine auf den kleinen, runden Glastisch. Dann griff er zu den Kopfhörern. Er drückte mit der Fernbedienung auf „play“ und das Hörspiel begann. Es hieß: „Die Nacht der langen Zähne“.

Alles Wurst

Ein Haus weiter saß Mihai Tepes ebenfalls im Wohnzimmer auf der Couch. Auch er hatte keine Hausschuhe an. Er hatte sogar keine Strümpfe an. Die Beine seiner Nadelstreifenhose waren hochgekrempelt und Herr Tepes suhlte die nackten Füße im Katzenklo. Das Katzenklo war mit Heimaterde gefüllt. Eigentlich hatte Herr Tepes den ganzen cremefarbenen Teppich mit guter, transsilvanischer Erde bestreuen wollen. Das war seine Vorstellung von Gemütlichkeit. Elvira Tepes hatte eine andere Vorstellung von Gemütlichkeit. Sie war in Deutschland geboren. Sie wusste über Gemütlichkeit Bescheid.

Elvira Tepes saß neben ihrem Mann. Sie hatte die Beine auf Mihais Oberschenkel gelegt und trank Kaffee aus ihrer Lieblingstasse. Sie war weiß und sah aus wie ein Klo. Sie hatte sogar einen Deckel. Aber keine Spülung. Der Vermieter ihres kleinen Ladens *Die Klobrille* hatte ihr die Tasse zur Eröffnung geschenkt.

Mihai Tepes verstand nicht, wieso seine Frau aus einem Klo trank. Er verstand auch nicht, warum ihr Vermieter ihr überhaupt etwas schenken musste. Er verstand allerdings, dass es Dinge gab, die er nicht verstehen musste. Herr Tepes zog eine Blutampulle aus der Westentasche. Geschickt spritzte er ein paar

Tropfen in den Kaffee. Bei seiner Arbeit im Institut für Rechtsmedizin konnte er zum Glück immer für ausreichend Nachschub sorgen. Manche Männer hatten eine CD-Sammlung oder einen Schrank voller Bücher, mit denen sie ihre Gäste beeindrucken konnten. Mihai Tepes hatte einen Kühlschrank voller Blutampullen. Er stand im Keller neben seinem Sarg.

„Meine Mutter hat gesagt, sie kümmert sich um eine Überraschung. Aber trotzdem brauchen wir noch ein Geschenk für Opa“, sagte Elvira Tepes.

Mihai Tepes nahm einen kräftigen Schluck Kaffee. Er runzelte die Stirn. Er dachte angestrengt nach. Sein Schwiegervater hatte Geburtstag. Er musste sein Bestes geben. Auch, wenn er mit Opa Gustav nicht bestens klarkam.

Im Gegensatz zu Oma Rose wusste Opa Gustav nicht, dass seine einzige Tochter einen Vampir geheiratet hatte und seine einzigen Enkelkinder Halbvampire waren. Oma Rose hatte nie den richtigen Zeitpunkt gefunden, es ihrem Mann schonend beizubringen. Und jetzt, wo er kurz vor seinem 72. Geburtstag stand, fürchtete sie, er würde bei dieser Neuigkeit einen Schlaganfall erleiden.

„Ich könnte Gustav ein paar Zecken aus meiner Sammlung schenken“, schlug Mihai vor. „Aber nicht Napoleon und Fidel, die sind zurzeit in Bestform“, fügte er schnell hinzu.

Mihai Tepes sammelte Zecken. Rennzecken. Rennzeckenwetten waren ein beliebter Volkssport in Transsilvanien. Mihai Tepes hatte seinen Schwiegervater schon mehrmals mit seiner Rennzeckenwettleidenschaft zu begeistern versucht. Vergebens. Opa Gustav war eingefleischter Fußballfan. Es konnte nichts Besseres als Fußball geben.

„Das ist nett von dir“, sagte Frau Tepes, „aber Opa Gustav wüsste mit den Rennzecken doch gar nichts anzufangen. Er würde sie nur ...“ Sie machte ein knirschendes Geräusch. „Du weißt schon.“

Mihai Tepes nickte. Seine Frau hatte recht. Mal wieder.

Mihai und Elvira überlegten. Opa Gustav mochte Autos (schnell und sportlich), Fußball (im Stadion und im Fernsehen) und Wurst (zum Frühstück, Mittag und Abendbrot). Und er liebte Oma Rose (seit beinahe 50 Jahren). Ein Auto hatte er schon. Fußball guckte er jede Woche. Von Wurst konnte er nie genug bekommen. Elvira und Mihai beschlossen, Opa Gustav eine extragroße Wurstplatte beim Fleischer zu bestellen. Darüber würde er sich auf jeden Fall freuen.

„Und Daka und Silvania spielen ihm noch ein Ständchen“, sagte Elvira.

„Meinst du?“ Herr Tepes zog die Augenbrauen hoch.

„Hör doch. Sie üben schon.“

Herr Tepes lauschte. Tatsache. Über ihnen erklangen ein Cello und ein Schlagzeug. Ein Ständchen war eine gute Idee. Allerdings verstand Herr Tepes nicht, warum seine Töchter offenbar ein anderes Lied als „Transsilvania, rodna inima moi“ probten. Für Herrn Tepes war es das schönste Lied der Welt.

Es hatte 14 Strophen und bei jeder Strophe zerfloss sein Herz vor Sehnsucht nach der transsilvanischen Heimat. Er dachte an die rauen Berge, an die grünen Täler, die sprudelnden Flüsse, die dichten Wälder und die saftigen Wildschweine darin.

Herr Tepes seufzte. Unwillkürlich fing er an, „Transsilvania, rodna inima moi“ zu summen.

Elvira Tepes sah ihren Mann mit hochgezogenen Augenbrauen an. Ihr großer Zeh wippte im Takt.

Tatsächlich saßen Daka und Silvania in ihrem Zimmer und übten ein Geburtstagsständchen für Opa Gustav. Nachdem sie vom Jahrmarkt gekommen waren, hatte Daka ihren Eltern entrüstet berichtet, dass es dort weder Schleuderbomben noch Blutzuckerwatte noch ein Kreuzknoblauchkabinett gegeben hatte. Silvania behauptete auf Nachfrage, dass Achterbahnfahren ganz toll sei und sie den rot-blau gestreiften Schal, den sie noch immer um den Hals trug, an einer Losbude gewonnen hatte. Um weiteren Fragen zu entkommen, hatten sich die Schwestern schnell auf ihr Zimmer zurückgezogen.

Daka saß hinter dem Schlagzeug.

Silvania saß hinter dem Cello und hielt den Cellobogen in der Hand.

Daka schlug die Schlagzeugsticks dreimal aneinander. „Los, probieren wir mal ‚Rapedosch bosch moi moi melo‘.“

„Schlag mir auf die Melone?“, übersetzte Silvania erstaunt. „Was soll das denn sein?“

„Das ist die neue Single von *Krypton Krax*“, erklärte Daka. *Krypton Krax* war Dakas Lieblingsband. Es war ihr Traum, einmal mit dem Sänger mit den orangefarbenen Augen auf der Bühne zu stehen.

„Meinst du, das gefällt Opa Gustav?"

Daka zuckte mit den Schultern. „Den Text versteht er ja sowieso nicht."

„Probieren wir lieber ein deutsches Volkslied. Gibt es irgendeins, in dem es um Fußball, Autos und Wurst geht?"

Daka wollte gerade etwas erwidern, als sie ein Zwicken im Magen spürte. Sie verzog vor Schmerz das Gesicht. Was war das? Sie fasste sich mit der Hand an den Bauch. Das Zwicken kroch weiter die Kehle hinauf. Daka hatte das Gefühl, sie müsste sich jeden Moment übergeben. Schnell hielt sie sich die Hand vor den Mund.

Silvania sah ihre Schwester mit großen Augen an. „Wir müssen auch kein Volkslied spielen, wenn du nicht magst."

Daka schüttelte den Kopf. Langsam ließ sie die Hand sinken und atmete tief ein. Das Zwicken war verschwunden. „Mir war nur gerade so komisch. Erst da", sagte sie und zeigte mit dem Drumstick auf den Bauch. „Und dann da." Sie fuhr mit dem Drumstick vom Bauch bis zum Hals.

Silvania sah ihre Schwester besorgt an. „Du meinst, du hattest Schmerzen?"

„Kann man so sagen."

Silvania lehnte sich über das Cello und flüsterte: „Beißende Schmerzen?"

„Nein, zwickende", sagte Daka.

Auf einmal zitterte Silvanias Hand. Der Cellobogen wackelte wie eine Wünschelrute. Doch nicht nur Silvanias Hand zitterte. Auch Silvanias Kiefer klapperte.

Daka starrte ihre Schwester erschrocken an. „Was – was ist mit dir los?"

„Me...me...mir ist au...au...auf ein...einmal so schwe...schwe...schwindlig", sagte Silvania.

Mit zwei Schritten war Daka bei ihrer Schwester. Sie nahm ihr das Cello und den Cellobogen ab. Dann half sie Silvania, sich auf ihr Bett zu legen.

„Da...da...datiboi", hauchte Silvania.

Daka setzte sich auf den Schiffsschaukelsarg. Auf einmal zwickte es abermals in ihrem Magen. Sie griff nach dem Spinnenkissen und klemmte es sich vor den Bauch. „Aij! Was ist das nur?", stöhnte sie.

„Vielleicht haben wir auf dem Jahrmarkt etwas Falsches gegessen", erwiderte Silvania leise.

„Meinst du, Waffelwerner hat uns vergiftet?", fragte Daka.

Die Zwillinge riefen bei Helene und Ludo an. Beiden ging es gut. Und Helene hatte sogar zwei Waffeln gegessen.

„Vielleicht vertragen Halbvampire Achterbahnfahren nicht", überlegte Silvania laut. Sie zitterte nicht mehr. Dafür wurde ihr jetzt abwechselnd heiß und kalt.

„Kann ich mir nicht vorstellen", sagte Daka. „Das ist doch wie Fliegen."

„Na eben."

Silvania hatte sich Jacobs Schal über das Gesicht gelegt. Sie atmete tief ein. Der Schal roch himmlisch. Nach Waldboden, Meersalz und ... Limo.

Daka hatte Karlheinz aus dem Aquarium geholt. Karlheinz war ein Blutegel. Er war Dakas Lieblingsegel. Sie ließ ihn über ihre Hand, ihren Arm und ihre Wange kriechen. Dabei versuchte sie, das Zwicken zu vergessen.

Obwohl das Zittern und Magenzwicken immer wiederkehrte, wollten Daka und Silvania ihre Eltern nicht alarmieren. Sie beschlossen, bis zum nächsten Morgen zu warten. Vielleicht war in ein paar Stunden alles wieder normal. Dann hätten sich ihre Eltern ganz umsonst Sorgen gemacht. Und sie hatten bestimmt schon genug mit Opa Gustavs Geburtstagsgeschenk zu tun. Außerdem wollten weder Daka noch Silvania zu einem Arzt geschickt werden.

Denn was, wenn sie gar keine Krankheit hatten? Was, wenn das die ersten Anzeichen für Turbulenzen, gefährliche Situationen und beißende Schmerzen waren? Oder wenn sie es mit beängstigenden Kräften und tödlicher Begierde zu tun hatten? Eins schien schon einmal sicher: Es würde eine schlaflose Nacht werden.

Sturzflug wider Willen

Den ganzen nächsten Tag verbrachten die Zwillinge im Energiesparmodus – so kam es Herrn Tepes zumindest vor. Silvania lag mit einem Buch auf dem Kopf auf der Couch und stöhnte alle paar Minuten. Daka hing im Wohnzimmer kopfüber vom Kronleuchter, hatte eine Hand an den Bauch gelegt und die andere an die Stirn. Nach ein paar Minuten sanken ihre Arme langsam herab. Aus der Nase kam ein leises Schnarchen. Aus dem leicht geöffneten Mund rann ab und zu ein Speicheltröpfchen. Herr Tepes stellte eine kleine Schüssel unter.

Beim Abendessen war Silvania so blass, wie Mihai Tepes seine Tochter noch nie gesehen hatte. Daka dagegen hatte einen seltsamen Schimmer auf den Wangen. Sie schien innerlich zu glühen. Silvania verschlang zu Herrn Tepes Freude eine halbe Blutwurst. Daka knabberte zu Herrn Tepes Besorgnis eine halbe Stunde an einer Mohrrübe.

Elvira Tepes warf ihrem Mann einen besorgten Blick zu. Dann sah sie zu ihren Töchtern. „Seid ihr euch sicher, dass euch nichts fehlt?“

Daka blickte von ihrer Mohrrübe auf. Silvania blickte von ihrer Blutwurst auf. Sie nickten beide. Erst vor einer halben Stunde hatten sie Fieber gemessen. Sie hatten beide 33 Grad. Das war eine normale Körpertemperatur. Für Halbvampire. Das

Zwicken in Dakas Bauch trat jetzt immer seltener auf. Dafür hatte sie das Gefühl, eine glühende Kohle verschluckt zu haben. Ihr Körper wurde von Hitzewellen überflutet. Doch sie schwitzte nicht.

Silvania war nicht mehr schwindlig. Dafür fröstelte sie. Sie hatte das Gefühl, dass sich in ihrem Inneren eine dicke Eisschicht ausbreitete. Doch sie hatte keine Gänsehaut.

Aber Silvania sagte ihren Eltern nichts von der Eisschicht. Und Daka sagte ihnen nichts von den Hitzewellen. Denn den Schwestern war klar, wohin das führen würde – zum Arzt. Dorthin wollten sie auf keinen Fall. Daka und Silvania kannten bis jetzt nur transsilvanische Ärzte. Sie waren bekannt dafür, dass sie nicht zimperlich mit Patienten umgingen. (Die von den transsilvanischen Ärzten „Porci-Proba" genannt wurden, was so viel hieß wie „Versuchskaninchen"). In Bistrien gingen Gerüchte um, Dr. Liviu Chivu – der stadtbekannte Allgemeinarzt – habe einem Porci-Proba bei einer Operation zum Spaß einen Wecker eingepflanzt, der jeden Mittag um 12 Uhr losrasselte, woraufhin der Porci-Proba aus dem Tiefschlaf hochschreckte und in einen Lachanfall ausbrach, bei dem er fast keine Luft mehr bekam. Einer weiblichen Porci-Proba hatte Dr. Chivu während der Narkose die Augenbrauen abrasiert und deren Bruder aus Versehen das Ohr verkehrt herum angenäht, sodass das Ohrläppchen nach oben zeigte, was sich beim Fliegen aerodynamisch ungünstig auswirkte.

Kurzum: Daka und Silvania wollten keine Porci-

Proba sein. Die Zwillinge wussten nicht, dass Ärzte in Deutschland anders waren. Nicht alle, aber die meisten. Sie verschrieben Tabletten, Salben und wenn man Glück oder eine gute Krankenkasse hatte, sogar Massagen und Kuraufenthalte. Ärzte in Deutschland waren für die Genesung und das Wohl der Patienten verantwortlich. Manche Ärzte in Deutschland waren sogar ganz normale Menschen.

Herr Tepes nahm einen Schluck von seiner Blutschorle, stellte das Glas lautstark auf den Tisch und strich sich über den dichten, langen Schnauzbart, hinter dem er die spitzen Eckzähne vor den deutschen Mitbürgern verbarg. „Ich weiß, was meinen Töchtern fehlt."

Daka, Silvania und Elvira Tepes sahen Herrn Tepes erwartungsvoll an.

Herr Tepes zog eine Blutampulle aus der Westentasche, spritzte den Inhalt bis auf den letzten Tropfen in seine Schorle und zeigte mit der leeren Ampulle auf die Zwillinge. „Euch fehlt ein ordentlicher, langer, nächtlicher Ausflug!" Herr Tepes nickte sich ob dieser Erkenntnis zufrieden zu und nahm einen Schluck von der Schorle. Er setzte das Glas ab und fuhr fort: „Ihr braucht frische Flugluft, und zwar in ordentlicher Flughöhe. Ihr werdet sehen: Nach ein paar Sturzflügen und Loopings geht es euch wieder bestens."

Daka biss mit einem lauten Knack von ihrer Mohrrübe ab und nickte. „Ein Ausflug. Boibine!"

Auch Elvira Tepes nickte. Gut möglich, dass den Halbvampiren die körperliche Betätigung in der frischen Nachtluft fehlte. Ihr Körper hatte sich noch nicht an die neuen Lebensumstände in Deutschland gewöhnt. Den ganzen Tag auf dem Erdboden bleiben, nachts schlafen und kaum Frischblutzufuhr – kein Wunder, dass die Zwillinge so durcheinander wirkten. Dieser Ausflug war eine hervorragende Idee. Am liebsten würde Elvira Tepes mitfliegen, sich genauso elegant wie ihr Mann in den dunklen Nachthimmel erheben.

Silvania runzelte die Stirn. Sie bezweifelte, dass es ihr nach Loopings und Sturzflügen besser ging. Während Daka die absolute Überfliegerin war, war Silvania die lahme Flugente der Familie. Nur Elvira Tepes flog schlechter. Und die flog gar nicht.

Trotzdem stand Silvania ein paar Stunden später mit Daka und Mihai Tepes auf dem Dach des Reihenhauses Nummer 23. Die Sonne war längst untergegangen. Herr Tepes musterte seine Töchter. Daka hatte bereits die Arme ausgebreitet und war zum Abflug bereit. Silvania hatte wie immer ihre lederne Fliegermütze auf. Die rotbraunen Haare quollen darunter hervor. Silvania blickte nervös vom Dach herunter und sah aus, als würde sie lieber mit ihrer Mutter im Wohnzimmer „Vampir, beiß mich nicht!“ spielen.

„Seid ihr bereit?“, fragte Herr Tepes.

Daka nickte ungeduldig. Sie war seit zwei Stunden bereit.

Silvania zuckte mit den Schultern. So richtig bereit war sie eigentlich nie.

„Also dann.“ Herr Tepes breitete die Arme aus, senkte den Kopf und rief: „Onu, zoi, trosch!“ Dann erhob er sich geschmeidig in den nachtblauen Himmel. Seine Töchter folgten ihm.

Mihai Tepes liebte Fliegen. (Sowohl die, die man als leichte, knackige Zwischenmahlzeit einwerfen konnte, als auch die Fortbewegungsweise). Wenn er flog und dabei für Sekunden die Augen schloss (obwohl das gegen die transsilvanischen Flugverkehrsregeln verstieß), konnte er sich einreden, wieder in seiner Heimat zu sein. Transsilvanien! Er stellte sich vor, unter ihm lägen die dichten, wildreichen, transsilvanischen Wälder, die erhabenen, gigantischen Berge und die wilden, glasklaren Flüsse. Er stellte sich vor, er würde mit seinem Bruder Vlad um die Wette fliegen. Der Verlierer müsste die Hälfte von seinem Wildschwein abgeben und in der Gruftstätte eine Runde lauwarmes Frischblut ausgeben.

Bei dem Gedanken schnalzte Mihai Tepes mit der Zunge. Er öffnete ein Auge und drehte sich nach seinen Töchtern um. Silvania war dicht hinter ihm. Die Fliegermütze war ihr fast über die Augen gerutscht, so sehr hatte sie den Kopf beim Gasgeben gesenkt. Daka folgte mit etwas Abstand. Sie schwenkte nach links und nach rechts und stürzte alle paar Meter jäh in die Tiefe, als wäre sie in ein Luftloch gefallen. Taumelnd kämpfte sie sich wieder auf Flughöhe. Übte Daka für die Freestyle-Fly-Meisterschaften in Bistrien? Vielleicht eine Slapsticknummer. Es sah auf jeden Fall sehr überzeugend aus, fand Mihai Tepes.

Herr Tepes wollte gerade eine elegante Kurve fliegen, als etwas an ihm vorbeizischte. Sein Schnauzer, der zwei großen Lakritzschnecken ähnelte, wackelte. Mihai Tepes riss die Augen auf. Er konnte kaum glauben, was er sah. Das Etwas, was eben an ihm vorbeigesaust war, war seine Tochter. Nicht Daka. Silvania!

Mihai Tepes verfolgte den Flug seiner Tochter. Nur mit den Augen – anders wäre er vermutlich gar nicht hinterhergekommen. Silvania schoss in die Höhe wie ein Feuerwerkskörper. Eine Sekunde später stürzte sie in die Tiefe und flog ein spektakuläres Looping, bei dem Mihai Tepes vom Zusehen schwindlig wurde. Danach flog Silvania im wilden Zickzack über das Wäldchen. Abermals stürzte sie nach unten, direkt auf die Krone einer großen Kiefer zu. Silvanias Haare wehten wie ein Feuerschweif. Der Abstand zum Baum wurde immer kleiner. Doch Silvania drosselte die Geschwindigkeit nicht. Silvania und die Kiefernkrone waren nur noch zehn Zentimeter voneinander entfernt. Nur noch sechs. Nur noch zwei. Nur noch …

„SCHLOTZ ZOPPO!“, schrie Mihai Tepes.

Silvania legte eine Vollbremsung hin. Wäre die Luft staubig gewesen, hätte es ganz schön gequalmt. Silvania stellte sich auf die Kiefernkrone und sah sich nach den anderen um. Sie wirkte weder erschöpft noch schwindelig noch lebensmüde.

Herr Tepes musterte Silvania einen Moment voller Stolz. Seine Tochter! So ein Flugtalent hatte er lange nicht gesehen, auch nicht unter den Vollblut-Vampirkindern in Bistrien. Und da hatte Silvania immer behauptet, sie wäre zu schwer zum Fliegen! Reinster Gumox, wie sich jetzt zeigte. Das hatte Mihai ihr ja schon immer gesagt und auf seine Schwippschwägerin Luda in Oklahoma verwiesen, die über 100 Kilo auf die Waage brachte und trotzdem in ihrer Jugend mit der Nationalmannschaft Gold im Synchronfliegen holte. Es kam eben nicht auf Größe oder Gewicht an, sondern auf die Technik. Und den Willen. Silvania schien in dieser Nacht beides entdeckt zu haben.

Mihai Tepes flog zu Silvania. Sie hing kopfüber an einem Kiefernast und ließ Arme und Ohren baumeln. „Zensatoi futzi!“, rief Herr Tepes. Er gab Silvania einen liebevollen Klaps auf die Fliegermütze und hing sich neben seine Tochter an den Ast. „Zensatoi futzi“ hieß so viel wie „supermegawahnsinnsenormsensationellverblüffendausgezeichnet“.

Silvania lächelte ihren Papa an. Sie konnte sehen, wie stolz er war. Der Lakritzschnauzer kringelte sich. Die dunklen Augen funkelten. Die langen Eckzähne blitzen auf.

„FUMPFS!“, schrie jemand ein paar Meter entfernt. Es war Daka. Sie flog taumelnd auf eine kleine Tanne zu. Dabei machte sie mal einen Schlenker nach links, mal nach rechts, mal nach unten, mal nach oben. Hätten es Mihai und Silvania Tepes nicht besser gewusst, hätten sie geglaubt, Daka hätte zum Abendessen keine rote Schorle, sondern eine Flasche Karpovka getrunken. Der traditionelle transsilvanische Schnaps mit der Afterraupe auf dem Flaschenboden schmeckte köstlich – das fanden zumindest alle Vampire – und seine Wirkung war einschlagend.

Schließlich erreichte Daka die kleine Tanne. Sie umklammerte die Tannenspitze mit beiden Armen und Beinen wie ein Kleinkind seine Mama. Doch Daka war kein Kleinkind. Daka war 12 Jahre alt. Und sie wog 41 kg. Mit Schnürschuhen 41,5. Das war zu viel für die kleine Tanne. Sie neigte sich unter dem Gewicht nach unten, bis die Spitze beinahe den Boden berührte.

„Schlotz zoppo!“, schrie Daka.

Das hieß „Ach du Schreck!“.

Ein Ast knackte und auf einmal schoss die Tannenspitze mit Daka nach oben. Daka blieb keine Zeit, ordentlichen Halt zu suchen. Die Tanne schleuderte sie mit aller Kraft in die Luft, als wollte sie einen Rekord im Halbvampir-Weitwerfen aufstellen.

„POOOMPFE!“, schrie Daka.

„Pompfe“ hieß „Hilfe“. Und „Pooompfe“ hieß „Hiiilfe“.

Mihai und Silvania Tepes verfolgten Dakas Flug mit offenem Mund. Sie kam direkt auf sie zugeflogen. Es sah sehr spektakulär aus. Oder lag das nur daran, dass sie kopfüber im Baum hingen?

Daka drehte die Handflächen nach vorne, versuchte zu bremsen und zu lenken. Doch damit änderte sie weder etwas am Flugkurs noch an der Geschwindigkeit.

„Meinst du, wir sollten ihr helfen?“, fragte Silvania, ohne ihre Schwester aus den Augen zu lassen.

Mihai Tepes hatte den Blick ebenfalls starr auf

Daka gerichtet. „Hm. Sie fliegt doch seit ihrem fünften Lebensjahr ohne Stützflügel." Herr Tepes war ratlos. Er sah, wie Daka schreiend und mit weit aufgerissenen Augen auf sie zugestürmt kam. Sollte das eine Slapsticknummer sein, dann war sie Weltklasse. Aber wenn nicht …

„Pompf, Pompf, POOOMPFEEE!", schrie Daka.

Und da, als Daka nur noch wenige Zentimeter von ihnen entfernt war, entdeckte Mihai Tepes etwas in den Augen seiner Tochter. Etwas, was er dort bis jetzt nur sehr selten gesehen hatte. Es war Angst.

Daka schrie.

Silvania schrie.

Mihai Tepes brüllte.

Dann ging alles so schnell, dass noch nicht einmal ein Vampir den Geschehnissen mit bloßem Auge hätte folgen können.

ZACK! WUSCH! ZONG!

Mihai Tepes streckte im letzten Moment die Arme aus und fing Daka ab, bevor sie mit vollem Karacho vor den Baumstamm geflogen wäre. Dabei wäre Herr Tepes beinahe selbst vom Ast gerutscht, hätte Silvania nicht seine Beine umklammert.

Herr Tepes hing seine Tochter behutsam an den Ast. Dann war einen Moment nichts zu hören als das heftige Atmen eines Vampirs und zweier Halbvampire, die in Reihe am Ast hingen.

„Datiboi flatliac", seufzte Silvania, der Fledermaus sei Dank.

Mihai Tepes beruhigte sich nach dem Schrecken langsam wieder. Er atmete tief ein und aus, wie es ihm sein Bruder, der Ha-Chi-Meister, beigebracht hatte. Etwas Frischblut wäre natürlich noch besser für die Nerven.

Daka klammerte sich krampfhaft mit den Beinen und Händen an den Ast. Immer wieder verdrehte sie die Augen nach oben und sah auf den Erdboden. Er war ihrer Meinung nach viel zu weit weg.

„Ist wieder alles in Ordnung?“, fragte Silvania.

Daka zuckte mit den Schultern. „Geht so.“

„Was war denn eben los?“, wollte Silvania wissen.

„Keine Ahnung. Ich habe mich auf einmal von der Erde so angezogen gefühlt“, erwiderte Daka. „Es war ... total unheimlich.“

„Du meinst, du hast dich zu schwer gefühlt?“, hakte Silvania nach. Dieses Gefühl kannte sie sehr gut.

Daka schüttelte langsam den Kopf, während sie nach Worten suchte. „Nein, es war so, als ... als ... als hätte ich das Fliegen verlernt.“

„Gumox!“, mischte sich Mihai Tepes ein. „Fliegen verlernt man nicht. Das ist wie Atmen, Gehen oder Schwimmen. Du hast heute nur ein Formtief. Das hat jeder einmal. Mach dir keine Sorgen, Daka. Sogar Onkel Vlad ist einst über dem Smochi-Tal abgestürzt. Mitten auf einen Maulwurfhügel, auf dem sich zuvor eine Kuh erleichtert hatte.“ Mihai Tepes kratzte sich am Kinn. „Allerdings hatte er vorher einen ganzen Hirsch gegessen und drei Flaschen Karpovka getrunken.“

Daka warf ihrem Papa einen zweifelnden Blick zu.

Der stimmte kurz darauf als Höhepunkt des Ausflugs „Transsilvania, rodna inima moi“ an. Daka starrte auf die kleine Tanne, auf der sie wie ein Mehlsack gehangen hatte. Nicht nur Daka, auch die Tanne sah nach diesem kleinen Zwischenfall etwas mitgenommen aus.

Nachdem die Tepes alle 14 Strophen gesungen hatten und Herr Tepes einen kleinen Mitternachtssnack eingenommen hatte (eine Waldmaus war etwas unvorsichtig gewesen), flogen sie zurück in den Lindenweg.

Daka war noch nie so froh gewesen, nach einem Ausflug wieder in ihrem Schiffsschaukelsarg zu liegen. Sie drehte sich auf die Seite, presste das schwarze Kissen mit den haarigen Spinnenarmen an ihre Brust und zog die Beine zu sich heran. Sie war erschöpft und müde. Doch sie konnte nicht schlafen. Immer wieder musste sie an den Ausflug denken. Und das komische Gefühl, das sie beim Fliegen gehabt hatte. Ein Gedanke schlich sich in ihren Kopf. Am liebsten hätte sie ihn sofort wieder verbannt. Es war unglaublich, aber sie musste es sich eingestehen: Sie hatte Flugangst. Sie! Dakaria Tepes! Sie, die im Vampirgarten als Erste alleine vom Schlammkasten zum Kuschelnest im großen Ahornbaum fliegen konnte. Sie, die in der Schule sowohl im Weitfliegen, im Schlängelflug als auch im Querfeldeinflug immer die Beste war. Sie, die erst vor wenigen Wochen einem Flugzeug bis in die Schweiz hinterhergeflogen war. Sie sollte Flugangst haben?

Daka schüttelte unwillkürlich den Kopf. Der

Schiffsschaukelsarg quietschte. Sie legte sich auf den Rücken und starrte auf das Metallseil, das sie zum Abhängen quer durch das Zimmer gespannt hatte. Vielleicht hatte ihr Papa recht. Vielleicht war es nur ein Formtief. Vielleicht hatte es mit dem Ziehen im Bauch und den Hitzewellen zu tun. Die seltsamen Schmerzen waren seit dem Ausflug immerhin verschwunden.

Auch Silvania schien es wieder besser zu gehen. Sie strotzte geradezu vor Energie und wollte gar nicht ins Bett gehen. Sie flopste sich vom Fensterbrett zum Schreibtisch und wieder zurück. Schließlich flog sie zur Zimmerdecke, hing sich kopfüber an das Metallseil und wickelte sich eine Haarsträhne um die Nasenspitze. Silvania schielte an der Haarsträhne vorbei nach draußen in die Nacht. Ihre Augen funkelten. Sie war hellwach. Sie hatte Lust, in die Innenstadt zu fliegen. Oder bis nach Transsilvanien. Oder bis zum Mond. Das war seltsam. Normalerweise hatte Silvania nur Lust zum Essen, Lesen und Verliebtsein.

Daka und Silvania Tepes ahnten nicht, dass das erst der Anfang sein sollte. Der Anfang einer Reihe seltsamer Begebenheiten. So seltsam, dass sie unheimlich waren. So unheimlich, dass sie ihnen schlaflose Nächte bereiteten. Nächte, in denen beängstigende Kräfte freigesetzt wurden. Kräfte, die Turbulenzen und gefährliche Situationen verursachten. Situationen, in denen eine tödliche Begierde entfacht wurde.

Doch von all dem wussten die Zwillinge noch

überhaupt nichts. Sie dachten, alles wäre normal. Wenn die Sonne schien, war es hell. Wenn man ins Wasser fiel, war man nass. Sie dachten, sie wären zwei ganz normale Halbvampire, die am nächsten Morgen zur Schule gingen …

Selbstporträt mit Fliege

Das vordere Fenster im Kunstraum der Gotthold-Ephraim-Lessing-Schule war weit geöffnet. Frau Meusinger lehnte mit übereinandergeschlagenen Füßen am Fensterbrett und ließ den Blick durch die Klasse schweifen. Sie hatte eine Hand in die Hosentasche gesteckt und spielte mit einem Haargummi. Das war eine alte Angewohnheit. Früher hatte Frau Meusinger lange schwarze Haare gehabt. Jetzt hatte sie kurze schwarz-graue Haare. Christine Meusinger war seit 15 Jahren Kunstlehrerin. Sie mochte ihren Beruf. Früher, als sie so alt gewesen war wie die Schüler, wollte sie Galeristin werden. Später, als sie studierte, ging sie zu vielen Galerieeröffnungen, lernte Künstler, Galeristen und Kunstverständige kennen. Danach wusste sie, dass sie nicht mehr Galeristin werden wollte. Sie wollte etwas mit Kunst zu tun haben. Aber nicht zu viel mit Künstlern. Sie wollte den Menschen Kunst näherbringen, aber nicht in einem Museum oder einer Galerie. Christine Meusinger beschloss, Kunstlehrerin zu werden. Bis heute hatte sie es nicht bereut.

Frau Meusinger stieß sich vom Fensterbrett ab und begann ihre Runde durch die Klasse. Sie nahmen gerade das Thema Selbstporträt durch. Frau Meusinger hatte den Schülern Selbstporträts aus allen Jahrhunderten und allen Stilrichtungen gezeigt. Sie hatte mit den Schülern über Selbstbilder geredet, die jeder Mensch von sich hat. Sie hatte erklärt, dass Selbstporträts nicht nur die äußeren körperlichen Merkmale darstellen können, sondern auch das innere Selbst, vielleicht einen inneren Konflikt oder ein Gefühl. Jetzt sollten die Schüler ihre eigenen Selbstporträts anfertigen. Christine Meusinger war gespannt, was sie zu sehen bekam.

In der ersten Reihe saß Ralf Siegelmann. Er war der Musterschüler der Klasse. Seine schmalen Schultern hingen nach unten und seine blonde Haartolle, die wie eine Butterflocke aussah, baumelte über dem Papier. Er zeichnete mit dünnen Bleistiftlinien sein Gesicht, während er einen kleinen Spiegel vor sich hinhielt. Die Butterhaartolle war schon zu erkennen. Frau Meusinger nickte ihm aufmunternd zu.

Neben Ralf Siegelmann saß Lucas Glöckner. Seine Schultern waren doppelt so breit wie die von Ralf. Lucas bohrte gerade in seiner Knollennase, als sich Frau Meusinger über sein Blatt beugte.

„Was soll das darstellen?“, fragte Frau Meusinger. Sie betrachtete Lucas’ Kunstwerk. Auf der linken Blattseite sah man ein schwarzes Rechteck und auf der rechten einen schwarzen Schmetterling. Es konnte aber auch eine Sonnenbrille mit Flügeln sein.

Lucas machte ein ernstes Gesicht. „Meinen inneren Konflikt zwischen Fernsehen und Playstation. Das ist der Fernseher“, sagte Lucas und tippte mit dem Filzstift auf das schwarze Rechteck, „und das ist der Controller der Playstation.“ Lucas tippte auf die Sonnenbrille mit den Flügeln.

Frau Meusinger zog die Augenbrauen hoch. „Verstehe."

Sie schritt weiter langsam von Tisch zu Tisch. Sie sah einen Smiley, ein Gesicht aus Rechtecken, Dreiecken und Kreisen, einen Superman und ein Supermodel. Helene Steinbrück hatte ein Monster mit riesengroßen Warzen, Glubschaugen und blonden, langen Haaren gemalt. Das Auffälligste waren die Ohren. Sie sahen aus wie gigantische Trichter. In einem Trichter saß ein dicker Wurm und blockierte den Eingang. Vor dem anderen Trichter hatte eine Spinne ihr Netz gespannt.

Ludo Schwarzer hatte mit grauem Fineliner ein Gesicht gemalt. Das Gesicht eines alten Mannes. Es war übersät von Falten. Auf der Stirn war eine Narbe zu erkennen. Der Mann trug eine Brille. Er hatte einen hypnotisierenden Blick.

„Ist das dein Opa?", fragte Frau Meusinger. Vielleicht hatte Ludo die Aufgabe nicht ganz verstanden. Er schien manchmal etwas abwesend.

Ludo schüttelte den Kopf. „Das bin ich in 70 Jahren."

Frau Meusinger beugte sich über das Bild. Sie nickte langsam. „Ja, jetzt erkenne ich es auch. Du hast dich gut gehalten."

„Danke", sagte Ludo und nahm den Fineliner wieder zur Hand.

Frau Meusinger ging zum Tisch der beiden Neuen. Silvania und Dakaria Tepes. Sie waren erst seit wenigen Wochen an der Lessing-Schule. Sie kamen aus Rumänien. Angeblich direkt aus Transsilvanien.

Frau Meusinger betrachtete die Zwillinge mit etwas Abstand. Dakaria Tepes schien heute zur Abwechslung richtig ausgeschlafen. Zumindest lag ihr Kopf noch nicht auf dem Tisch, was sonst meistens ab der dritten Stunde der Fall war. Sie war nicht so blass wie in den ersten Wochen und schien insgesamt irgendwie ... ausgeglichener. Bisher hatte die Kunstlehrerin immer das Gefühl gehabt, Dakaria könnte jeden Moment in die Luft gehen.

Sie wusste gar nicht, wie recht sie damit hatte.

Silvania Tepes dagegen schien heute etwas aufgewühlt. Sie sah nervös nach rechts und links, wackelte ständig mit den Füßen und zuckte alle paar Minuten mit den Armen.

Christine Meusinger stellte sich zwischen die Zwillinge und beugte sich über Dakarias Kunstwerk. Sie hatte aus schwarzer Knete eine Skulptur geformt. Sie sah aus wie eine Mischung aus Fledermaus, Mensch und Seeigel. Sie hatte zwei Beine mit schweren Schnürstiefeln, zwei Fledermausflügel und einen Kopf mit zahlreichen Stacheln. Als Augen hatte Dakaria zwei orangefarbene Reißzwecken in den Kopf gesteckt. Die Skulptur stand auf einer Art Kerzenständer. Darunter lag auf einem weißen Blatt eine kleine schwarze Knetwurst.

„Das bist du, richtig?“ Frau Meusinger zeigte auf die Skulptur.

Daka nickte.

„Und das ist ...?“ Frau Meusinger deutete auf die Knetwurst.

„Karlheinz.“

„Karlheinz ist … eine Wurst?“

„Nein. Ein Blutegel.“

Christine Meusinger nickte. Dann war ja alles klar. Karlheinz. Ein Blutegel. Warum nicht.

Die Kunstlehrerin beugte sich zu Silvania Tepes. Sie hatte mit kräftigen Acrylfarben ein Selbstporträt gemalt, das aus dem Mittelalter hätte stammen können. Das Gesicht und der Hals waren weiß wie ein Schwan. Die lindgrünen Augen sahen den Betrachter direkt an. Die rotbraunen Haare wellten sich bis auf die Schultern, die von einem prunkvoll bestickten Kleid verdeckt waren.

Silvania war gerade dabei, ihren Lippen einen tiefroten Anstrich zu verpassen. Doch sie kam nicht dazu, da eine Fliege immer wieder über das Kunstwerk flog. Vermutlich hatte sie der Geruch der Acrylfarbe angelockt. Oder sie interessierte sich für Kunst.

Silvania verfolgte die Fliege mit den Augen. Die Fliege flog im Zickzack über das Kunstwerk. Sie flog zum linken Ohr. Summ. Sie flog zum rechten Ohr. Summ. Sie drehte einen Kreis über dem Kopf. Summ, summ, summ.

Jemand knurrte. Silvania stellte mit Schrecken fest, dass es ihr Magen war.

Die Fliege ließ sich auf dem Kunstwerk direkt auf der schneeweißen Nase nieder. Sie sah Silvania mit ihren Komplexaugen gleichgültig an. Silvania starrte die Fliege an. Silvanias Mundhöhle füllte sich auf einmal mit Speichel. Silvania spürte etwas, was sie bisher noch nie beim Anblick einer Fliege gespürt hatte.

Hunger.

Frau Meusinger bemerkte, dass Silvania sich verkrampfte. Nur ihre Hand bewegte sich. Sie zitterte. Die Kunstlehrerin musterte Silvania besorgt. Aus ihrem linken Mundwinkel lief Speichel. Ihre Augen waren starr auf einen Punkt gerichtet. Frau Meusinger folgte Silvanias Blick und entdeckte eine Fliege. Sie wollte die Fliege mit einer leichten Handbewegung verscheuchen. Doch dazu kam sie nicht mehr.

Silvanias Hand schoss schnell wie eine Leopardentatze nach vorne, sauste auf die Fliege nieder, zerquetschte sie, riss das Kunstwerk entzwei und zerteilte die Schulbank mit einem lauten WOMMS, als wäre sie aus Pappe. Holz splitterte, Pinsel rollten durch den Raum, Stifte flogen durch die Luft, Farben spritzten auf den Boden, ein Glas zerbrach klirrend, eine Wasserpfütze breitete sich aus, Karlheinz kullerte auf den Fußboden, Banknachbarn drehten sich mit entsetzten Gesichtern um, Ralf Siegelmann schrie, Helene juchzte und Daka rief „SCHLOTZ ZOPPO!“.

Während alle noch auf den zerstörten Tisch und das Chaos starrten, sah Silvania sich unauffällig nach allen Seiten um, hob die flache Hand, an der die Fliege klebte, und schleckte sie schnell ab.

Flupp.

Knirsch.

Schluck.

Silvania fuhr sich mit dem Handrücken über den Mund. Sie machte ein leises Bäuerchen. Dann betrachtete sie den zu Kleinholz zerhackten Tisch zu ihren Füßen. Langsam hob sie die Hand und musterte sie voller Zweifel. Das sollte sie gewesen sein? Seit wann hatte sie so viel Kraft? Silvania war irritiert.

Frau Meusinger auch. Sie sah Silvania mit großen Augen an.

Silvania zog die Schultern entschuldigend hoch. „Altersschwäche", sagte sie und deutete auf den Tisch, der alle viere von sich gestreckt hatte.

Frau Meusinger betrachtete Silvania einen Augenblick nachdenklich. Dann nickte sie langsam. Es war an der Zeit, neue Schulmöbel anzufordern. Während Daka den Knet-Karlheinz aufhob und Silvania ihre Pinsel und Stifte einsammelte, nahm Christine Meusinger Silvanias zerrissenes Porträt in die Hand. Sie fügte beide Teile zusammen. Auf der Nase, genau wo die Fliege gesessen hatte, prangte jetzt ein kleiner Blutfleck. Die Fliege jedoch war verschwunden.

Flugversuche

Als es zur großen Pause klingelte, war Daka froh. Nicht, weil sie es eilig hatte, von ihrer offenbar gewalttätigen Schwester wegzukommen. Daka hatte sich etwas vorgenommen. Etwas sehr Wichtiges. Dazu musste sie in die Turnhalle.

In der großen Pause war die Turnhalle meistens menschenleer. Daka hatte sich hier ab und zu kopfüber an den Stufenbarren gehangen und ein Nickerchen eingelegt. Heute wollte Daka kein Nickerchen machen. Heute war sie putzmunter. Obwohl es mitten am Tag war. Das war seltsam. Aber praktisch, wenn man tagsüber zur Schule gehen musste. Die Schulbänke waren etwas hart zum Schlafen und die Lehrer so unhöflich. Sie weckten Daka ständig mit Fragen auf, die sie sich selbst beantworten konnten. Und wenn nicht, dann konnten sie immer noch Ralf Siegelmann fragen.

Vorsichtig öffnete Daka die Tür zur Turnhalle. Wie sie es sich gedacht hatte: kein Mensch weit und breit. Sie betrat die Halle und ließ den Blick über die Geräte schweifen. Stufenbarren, Schwebebalken, Hochsprunganlage, Sprossenwand, Basketballnetz, Bock und Sprungbrett. Es war alles da, was sie brauchte. Die Turnhalle, fand Daka, war der ideale Ort für ein paar Trainingsflugrunden.

Der Hausmeister Olaf Zecher fand, die Turnhalle war der ideale Ort, um in Ruhe Zeitung zu lesen. Es roch dort zwar etwas nach Schweiß, dafür saß man auf den dicken Matratzen der Hochsprunganlage sehr bequem und war vollkommen ungestört. Hatte er die Zeitung ausgelesen, schaltete er seinen MP3-Spieler an und hörte Musik. Olaf Zecher liebte Countrymusik. Manchmal setzte er sich dabei sogar auf das Turnpferd. Er hielt sich mit einer Hand an der metallenen Pausche fest und stellte sich vor, er reite durch die Prärie. Dazu pfiff er leise.

In der großen Pause war man in der Turnhalle so einsam wie in der Prärie. Das glaubte Olaf Zecher zumindest. Der Hausmeister stand mit der Zeitung unter dem Arm und dem Becher Kaffee in der Hand vor der Tür zur Turnhalle. Er wollte gerade die Klinke herunterdrücken, als er merkwürdige Geräusche hörte. Es knallte. Es krachte. Jemand schrie. Es klang wie „Mops Popo!“. Danach war alles still. Olaf Zecher hatte keine Ahnung, was in der Turnhalle vor sich ging. Er wusste nur eins: Heute würde er nicht einsam durch die Prärie reiten.

Vorsichtig öffnete er die Tür. An der Sprossenwand hing etwas. Es stöhnte. Als es langsam von der Sprossenwand rutschte, erkannte Olaf Zecher, dass es ein Mädchen war. Der Hausmeister wusste sofort, wen er vor sich hatte: Dakaria Tepes. Mit den schwarzen Stachelhaaren, der blassen Haut und den gruftigen Klamotten war sie unverkennbar. Allerdings kam Herrn Zecher die Haut heute nicht ganz so blass vor.

Olaf Zecher wollte dem Mädchen helfen. Doch es war bereits wieder aufgestanden. Dakaria ging zur hinteren Hallenwand und nahm Anlauf. Sie lief mit ungeheurem Tempo auf ein Sprungbrett zu. Hinter dem Sprungbrett stand weder ein Bock noch ein Pferd noch ein Schwebebalken. Hinter dem Sprungbrett stand nichts. Olaf Zecher runzelte die Stirn.

In dem Augenblick sprang Dakaria mit beiden Beinen fest auf das Sprungbrett. „Onu, zoi, trosch!“, schrie sie, als sie sich in die Luft schraubte. Sie streckte die Arme zur Seite aus und senkte das Kinn auf die Brust. Einen Moment sah es aus, als könne sie fliegen. Im nächsten Moment sah es nicht mehr so aus. Dakaria Tepes fuchtelte wie verrückt mit den Armen. Sie hatte die Augen weit aufgerissen. „FUMPFS!“, schrie sie – und WUMMS, landete sie pritschebreit auf dem Sprungkasten.

Olaf Zecher schüttelte den Kopf. Er war seit fünf Jahren Hausmeister an der Gotthold-Ephraim-Lessing-Schule. Zuvor war er Zuckerwattenverkäufer, Rikschafahrer, Teppichhändler, Computerexperte, Hochseefischer und Origamitrainer gewesen. Er war durch Europa gereist, durch Südamerika, durch Nordamerika, durch Afrika, Asien, Ozeanien und durch Bindburg. Er hatte einiges gesehen. Aber noch nie hatte er gesehen, dass sich jemand freiwillig mit Anlauf auf einen Holzkasten stürzte.

Der Hausmeister wollte gerade zu Dakaria gehen, um zu sehen, ob sie sich verletzt hatte, doch da richtete sie sich von alleine auf. Sie hatte Olaf Zecher nicht bemerkt und blickte entschlossen zum Stufenbarren. Dakaria Tepes rutschte vom Sprungkasten und ging mit wackeligen Schritten zum Stufenbarren. Geschickt kletterte sie zum obersten Barren hinauf. Sie legte die Hände auf die obere Stange, dann stieß sie sich mit den Beinen vom unteren Barren ab und zog sich mit einem Rückwärtssalto um den oberen Barren. Doch statt wie beim Felgaufschwung in den Stütz zu gehen, holte sie mit dem Oberkörper immer wieder Schwung und drehte sich um den oberen Barren herum.

Dakaria drehte sich immer schneller.

Olaf Zecher wurde immer unwohler.

Plötzlich ließ Daka den Barren los. WUSCH!, schoss sie durch die Turnhalle. „Je fuglu!“, rief sie.

Das hieß „Ich fliege!“. Aber das wusste Olaf Zecher nicht. Er sprach kein Vampwanisch. Im Moment sprach er gar nichts. Mit offenem Mund sah er, wie Dakaria Tepes direkt auf den Basketballkorb zuflog.

Daka schrie. Im letzten Moment riss sie die Hände nach vorne. BUMM!

Olaf Zecher zuckte zusammen und ließ Kaffeebecher und Zeitung fallen.

Dakaria umklammerte den Basketballkorb. Ihre Beine baumelten am Netz herunter. Daka stöhnte. Der Korb hatte sich unter ihrem Gewicht leicht verbogen.

Olaf Zecher eilte zum Basketballkorb. „Wie geht es dir?“

Daka schielte hinunter auf den Hausmeister.

„Hast du dir wehgetan?“

„Glaub nicht“, sagte Daka, ohne das Kinn vom Korbrand zu heben. Dabei spürte sie einen Schmerz. Es war ein beißender Schmerz. So groß, wie sie ihn noch nie zuvor gespürt hatte. Doch was so sehr schmerzte, waren nicht die Beulen, Schürfungen und Prellungen, die sie sich bei den Flugversuchen geholt hatte. Was so schmerzte, war eine grausame, unglaubliche Erkenntnis.

„Komm, ich helfe dir herunter.“ Olaf Zecher griff nach Dakarias Füßen.

Daka ließ sich langsam in die kräftigen Arme des Hausmeisters gleiten. Er stellte sie sanft auf dem Boden ab. „Funktioniert noch alles?“

Daka hob die Arme und Beine wie eine Marionette. Sie nickte.

„Du hattest wirklich Glück. Hättest dir etwas brechen können bei der ganzen Aktion.“

Daka brachte kein Wort hervor. Zu groß war die Enttäuschung, mit der sie gerade zu kämpfen hatte.

„Was sollte das eigentlich werden? Eine Zirkusnummer? Oder hast du gedacht, du könntest fliegen?“ Olaf Zecher lächelte.

Daka sah den Hausmeister an und nickte langsam. In ihren Augen standen Tränen.

Olaf Zecher zog sich das Herz zusammen. Er hasste Tränen. Er konnte keine Filme sehen, in denen geweint wurde, er konnte noch nicht einmal Schluchzen im Radio hören. Weinen war bei ihm ansteckend wie bei anderen Menschen Gähnen. Schnell legte er seinen Arm um Dakarias Schulter und zog sie an sich heran.

Dakaria schluchzte laut in seine blaue Handwerkerweste. Ihre Tränen rannen über Herrn Zechers MP3-Spieler. Doch das war ihm egal.

Er hatte das Kinn auf Dakarias Kopf gestützt und schluchzte ebenfalls. Nur nicht so laut. „Weißt du, ich wollte als Kind auch immer fliegen“, sagte Olaf Zecher.

Daka schluchzte.

„Ich hatte mir aus Butterbrotpapier Flügel gebastelt und als Antrieb einen alten Ventilator umgebaut. Und meinst du, es hat funktioniert?“

Daka hörte einen Moment auf zu schluchzen und sah den Hausmeister erwartungsvoll an.

„Natürlich nicht. Sonst wäre ich doch nicht mehr hier. Ich bin damals vom Schuppendach bis zum Komposthaufen geflogen. Ganze vier Meter. Ich weiß es noch wie heute: Ich lag mit dem Gesicht im Komposthaufen. Dann blickte ich nach oben in den Himmel. Und in dem Moment kackte mir ein Vogel auf die Stirn. Das war ein Zeichen.“

Daka schluchzte wieder.

„Menschen können nicht fliegen“, flüsterte Herr Zecher Daka ins Ohr, als hätte er ihr damit ein großes Geheimnis verraten. „Wir können laufen, springen, hüpfen, schwimmen und kriechen. Aber nicht fliegen.“ Olaf Zecher dachte einen Moment nach. „Vielleicht ist es auch ganz gut so. Stell dir mal vor, wie sonst der Himmel aussehen würde! Voller Verkehrszeichen und Ampeln. Über Ortschaften gäbe es Geschwindigkeitsbegrenzungen und zum Ferienbeginn und Ferienende wäre der Himmel schwarz vor Reiselustigen. Stell dir die Verkehrsmeldungen vor: Stau auf der Luftlinie L9 zum Mittelmeer. Bitte weichen Sie auf untere und obere Luftschichten aus. Achtung: Auf der Luftlinie L63 kommt Ihnen ein Geisterflieger entgegen. Unser Blitzmelder Alfons meldet: Südlich der Alpen zieht ein Gewitter auf."

Daka sah den Hausmeister erstaunt an. Sie vergaß dabei sogar zu schluchzen. Herr Zecher hatte recht. Es war ein Glück, dass Menschen nicht fliegen konnten.

Olaf Zecher reichte Dakaria ein zerknittertes Taschentuch.

Daka wischte sich damit die Tränen ab, dann schnaufte sie kräftig hinein.

Währenddessen tupfte sich der Hausmeister selbst die Tränen aus den Augenwinkeln.

Es klingelte. Die große Pause war zu Ende.

„Geht es dir jetzt besser?" Olaf Zecher musterte Dakaria. „Kommst du mit der Neuigkeit klar, dass Menschen nicht fliegen können?"

Daka zwang sich zu einem kurzen Lächeln und nickte. „Ich muss dann", sagte sie und reichte dem Hausmeister das feuchte Taschentuch zurück. „Vielen Dank." Sie verschwand mit schnellen leisen Schritten aus der Turnhalle.

Mit der Tatsache, dass Menschen nicht fliegen konnten, kam Daka ausgezeichnet klar. Aber nicht mit der Neuigkeit, dass *sie* nicht mehr fliegen konnte.

Fünf Probleme

Silvania lag in ihrem Bett und starrte an die Decke. Sie konnte nicht schlafen. Vom Schiffsschaukelsarg, aus dem nur noch Dakas große Zehen und ihre Nasenspitze zu sehen waren, kamen leise Schnarchgeräusche. Silvania richtete sich auf. Sie sah zu ihrer Schwester. Wie konnte sie nur schlafen? Es war gerade mal 23 Uhr und draußen war alles dunkel. Viel zu dunkel, um zu schlafen.

Normalerweise hatte Silvania immer mit ihrer Schwester wach gelegen und sich darüber gewundert, dass die Menschen den Tag zur Nacht machten und im grellen Sonnenlicht – was, wie alle Wissenschaftler bestätigten, schlecht für die Haut war – aktiv waren. Doch heute war Daka eingeschlafen, kaum dass sie sich in ihren Schiffsschaukelsarg gelegt hatte. Sie hatte Karlheinz noch nicht einmal einen Gutenachtkuss gegeben, wie sie es sonst meistens tat.

Silvania seufzte. Sie hätte heute so gerne mit Daka geredet. Ihr schwirrte so viel im Kopf herum. Sie bekam die Gedanken alleine nicht in den Griff. Allerdings schien Daka heute selbst etwas verwirrt. Vor allem nach der großen Pause. Silvania hatte sie gefragt, was los war. Daka antwortete, sie würde es ihr später erzählen. Und jetzt war sie einfach eingeschlafen. War Daka sauer, weil Silvania den Knet-Karlheinz zu Boden fallen lassen hatte?

Silvania wusste es nicht. Sie kam nicht dazu, darüber nachzudenken. Denn sie hatte eigene Sorgen. Silvania hatte nicht nur ein Problem, sondern gleich fünf. Das erste waren ihre plötzlichen Riesenkräfte. Im Kunstunterricht hatte sie einen Tisch halbiert, auf der Toilette hatte sie den Klodeckel gespalten und in der Straßenbahn hatte sie eine Halteschlaufe abgerissen. Im Sportunterricht wären die Riesenkräfte gut gewesen. Aber leider hatten sie heute keinen Sport.

Das zweite Problem war Silvanias Haut. Sie war so blass, wie sie noch nie in ihrem Leben gewesen war. Doch sie war nicht nur blass. Sie war an manchen Stellen fast durchsichtig. Helene hatte Silvania darauf hingewiesen, dass man auf ihrer Stirn lauter Äderchen erkennen konnte. Sie meinte, es sähe total schön aus. Silvania war sich da nicht so sicher. Sie hatte nichts gegen eine vornehme Blässe. Aber durchsichtige Haut? War das nicht zu gewagt?

Die Eckzähne waren das dritte Problem. Erst heute Morgen hatte sie Silvania schön kurz und rund gefeilt. Doch schon in der dritten Schulstunde stießen sie wieder an die Unterlippe. Silvania presste den ganzen restlichen Schultag die Lippen aufeinander. Sie lachte nur in Ausnahmefällen und hinter vorgehaltener Hand. Das war nicht einfach.

Das vierte Problem – und das war das unheimlichste – waren die Heißhungerattacken. Sie überkamen Silvania plötzlich, unerwartet und heftig. Doch Silvania hatte keinen Heißhunger auf Schokolade, Eis oder Gummibärchen. Oder auf Hackklöpschen. Silvania hatte Heißhunger auf Blut. Als sich Ralf Siegelmann in der Mathestunde einen eitrigen Pickel ausdrückte, bis Blut herauskam, hätte sich Silvania am liebsten auf ihn gestürzt. Doch sie klemmte die Hände unter die Oberschenkel, schlang ihre Beine um die Stuhlbeine, schloss die Augen und flüsterte vor sich hin: „Nici doi viati! Nici doi viati!“ Es kostete sie so viel Kraft, dass sie danach beim Test an der Tafel nicht einmal mehr 15 plus 20 rechnen konnte. Erst, als sie sich 15 Eiterpickel und 20 Eiterpickel zusammen vorstellte, wusste sie, dass es insgesamt 35 waren. Bei dem Gedanken an 35 Pickel konnte sie sich jedoch nicht mehr auf die nächste Aufgabe konzentrieren.

Auf dem Heimweg von der Schule bemerkte Silvania das fünfte Problem. Erst fing es ganz harmlos an. Sie federte bei jedem Schritt. Dann hüpfte sie bei jedem Schritt. Auf einmal schwebte sie bei jedem Schritt ein Stückchen. Hätte Daka sie nicht am Rocksaum gepackt und mit einem strengen Blick wieder auf den Erdboden gezogen, wäre Silvania vermutlich den ganzen Weg nach Hause geflogen. Bei hellstem Tageslicht! Das verstieß eindeutig gegen die erste radikale Regel! Aber vor allem war es völlig gegen Silvanias Art. Sie flog sonst nur, wenn es unbedingt sein musste. Oder um ihrem Papa die Freude zu machen. Doch auf dem Heimweg hatte sie beinahe so etwas wie einen Flugdrang verspürt. Hatte sich ihre Flugangst in einen krankhaften Flugzwang gewandelt?

Silvania wälzte sich im Bett auf die linke Seite.

Sie starrte an die Wand. Sie seufzte. Sie wälzte sich auf die rechte Seite. Sie starrte ins dunkle Zimmer. Sie holte tief Luft. Leise stand sie auf, holte ihr Handy aus der Tasche und flog zum Metallseil. Silvania hing sich kopfüber an das Seil und hielt sich das Handy vor die Nase. Zum 56. Mal las sich Silvania Jacobs SMS durch. Seinen Schal hatte sie seit dem Jahrmarktsbesuch nicht mehr abgenommen. Er baumelte links und rechts an ihren Ohren herunter.

Morgen sollte Silvania wieder Nachhilfe haben. Silvania war so froh gewesen, dass Jacob sie nach dem etwas übereilten und kühlen Abschied auf dem Jahrmarkt wiedertreffen wollte. Wenn Silvania an seine winterhimmelgrauen Augen dachte, wurden ihre Knie weich wie Schneematsch. Doch wenn sie an ihre fünf Probleme dachte, wurden ihre Knie noch viel weicher. Was, wenn die Erdanziehung nicht mehr ausreichte und sie auf einmal direkt neben ihrem Nachhilfelehrer abhob? Oder was, wenn sie ihm die Hand schüttelte und ihm dabei die Finger brach? Oder wenn sie eine Heißhungerattacke überkam und Jacobs pulsierende Adern nur wenige Zentimeter von ihr entfernt waren? Vielleicht hatte er auch zufällig einen Mückenstich aufgekratzt oder Zahnfleischbluten. Was dann?

Dann konnte Silvania für nichts mehr garantieren. Diese Nachhilfestunde könnte die letzte von Jacob Barton sein. Bei dieser Erkenntnis bekam Silvania eine Gänsehaut. Kurz entschlossen drückte sie ein paar Tasten auf dem Handy und schrieb:

Kann morgen leider nicht. Bin krank. Tut mir leid, S.

Ein paar Sekunden später kam die Antwort: *Gute Besserung.*

Silvania las sich die SMS von Jacob viermal hintereinander durch. Er wünschte ihr gute Besserung! War das nicht nett? Das hieß, dass er sich Sorgen um sie machte. Er wünschte sich, dass sie bald wieder gesund war, damit sie sich bald wiedersehen konnten. Oder hieß es nur, dass er ihr gute Besserung wünschte? Silvania war ratlos. Sie schielte nach unten zu ihrer Schwester. Daka schlief tief und fest.

Silvania betrachtete ihre Schwester einen Augenblick. Sie sah wunderschön und friedlich aus. Am liebsten hätte sie sich an sie herangekuschelt, wie sie es früher in Bistrien im Zwillingssarg oft gemacht hatten, und sich von ihrem Schlaf anstecken lassen. Doch Silvania ahnte, dass der Schlaf sie heute nicht so einfach überkommen würde. Sie war hellwach. Etwas in ihrem Inneren drängte nach draußen, in die Nacht. Das Gefühl war unheimlich, fremd und aufregend zugleich. Silvania blickte auf den Nachthimmel und wusste, dass sie dem Drang nicht widerstehen konnte.

Jagd in der Nacht

Der Halbmond stand über dem Wäldchen am Rand der Reihenhaussiedlung. Feine Wolken zogen langsam wie große Segelschiffe an ihm vorüber und ließen seinen Hof blauweiß aufleuchten. Die Sterne verbargen sich hinter den Wolken und funkelten nur hier und da durch das tiefdunkle Grau. Wie heimliche Beobachter, die in dieser Nacht lieber im Dunkeln bleiben wollten.

Aus dem Wäldchen kam ab und zu der Ruf einer Eule. Sonst war es still in der Reihenhaussiedlung. Alle Bewohner schienen zu schlafen. Die meisten Rollläden waren heruntergelassen, die Vorhänge zugezogen, die Lichter gelöscht. Die Autos standen in den Garagen, die Hausschuhe vor den Betten und aus den gekippten Fenstern drang hier und da ein Schnarchen.

Es war eine friedliche, ruhige Nacht.

Bis kurz nach Mitternacht.

Eine getigerte Katze lief lautlos über die Terrasse von Dirk van Kombast. Sie erleichterte sich an einem Säulenwacholder. Plötzlich spitzte die Katze die Ohren und verharrte reglos. Dann sah sie, was sie zuvor nur gehört hatte: eine Maus. Sie lief so schnell sie ihre kleinen Beine tragen konnten über die Terrasse. Die Katze wollte sich auf die Maus stürzen. Doch die Maus wurde bereits verfolgt. Nicht von einer anderen Katze. Nicht von einem Vogel. Auch nicht von irgendeinem anderen Tier. Sie wurde von etwas verfolgt, das so groß war wie ein Mensch und auch so aussah wie ein Mensch.

Die Katze war intelligent und weise. Sie hatte schon viele Menschen gesehen. Sie war ihnen um die Beine gestrichen, hatte sich Milch erbettelt und ihre Hosenbeine zerkratzt. Sie wusste, wie Menschen aussahen, wie sie rochen, wie sie sich bewegten und welche Geräusche sie machten. Die Katze wusste: Das hier war kein Mensch.

Die Katze hatte zum Abendbrot von einem kleinen Jungen im Haus schräg gegenüber drei verbrannte Fischstäbchen bekommen. Sie hatte noch Appetit. Sie hatte immer Appetit. Aber sie war nicht hungrig. Ihr war nicht nach wilder Verfolgungsjagd. Ihr war nach Unterhaltung. Geschwind kletterte sie auf das Dach des Reihenhauses Nummer 21. Sie legte den Kopf auf eine Pfote und sah dem Treiben auf der Terrasse interessiert zu. Die Jagd auf die Maus war im vollen Gange. Der geheimnisvolle Verfolger stieß einen Säulenwacholder um, rammte sich am Zaun die Schulter und verfing sich mit den Haaren in der Hecke, unter der die Maus verschwand.

Anfänger!, dachte die Katze. Sie schnurrte vor Schadenfreude.

Plötzlich tauchten zwei riesengroße, funkelnde grüne Augen vor der Katze auf. Wie aus dem Nichts. Der Mäusejäger stand vor ihr. Er stand in der Luft. Zwei messerspitze weiße Eckzähne leuchteten im Dunkeln auf. Von ihnen rann Speichel.

Die Katze war intelligent und weise. Und sie war schnell. Bevor das fliegende Messerzahnwesen die Pranken nach ihr ausstrecken konnte, machte sie einen Satz zur Seite und lief um ihr Leben. Sie sprang von einem Reihenhausdach zum nächsten. Sie drehte sich nicht um. Erst am anderen Ende des Lindenwegs hielt sie inne. Sie lauschte. Sie spähte in die Nacht. Vom Messerzahnwesen war nichts zu hören. Nichts zu sehen. Und nichts zu riechen. Trotzdem beschloss die Katze, den Lindenweg zu verlassen. Vielleicht musste sie sich ein neues Revier suchen. Vielleicht würde sie nie mehr in den Lindenweg zurückkehren. Sie würde den Jungen mit den Fischstäbchen vermissen. Aber die Katze war weise. Ein Raubtier in einem Revier war genug.

Die Katze warf einen letzten Blick auf den Lindenweg. Dann suchte sie das Weite. Eine große, dunkle Wolke zog am Mond vorüber. Die Eule war verstummt. Im Keller des letzten Reihenhauses rumpelte es. Dann klirrte es. Etwas knallte. Jemand schlurfte und grunzte. Danach war es einen Augenblick ruhig. Plötzlich rülpste jemand. Das Geräusch kam aus der Küche. Etwas schepperte. Etwas quietschte. Etwas schnorpste. Jemand schmatzte, gluckste und schnaufte. Danach hörte man ein rätselhaftes Rauschen. Und dann blieb alles still.

Der Mond versteckte sich hinter einer Wolke. Am liebsten hätte er nichts gesehen.

Böses Erwachen

Die Sonne stand blassgelb und noch etwas verschlafen über der Reihenhaussiedlung.

Im Haus Nummer 24 klingelte bei Familie Schenkel der Wecker. 8 Uhr. Armin Schenkel schaltete den Wecker aus und drehte sich zu seiner Frau Janina um. Vielleicht war es besser, wenn er heute nicht ins Büro ging. Die angebrannten Fischstäbchen gestern Abend waren seinem Magen nicht gut bekommen. Er hätte sie nicht essen, sondern seinem Sohn Linus geben sollen. Er hatte die restlichen Fischstäbchen an die alte, dicke Katze verfüttert. Jetzt war es zu spät. Er fühlte sich selbst wie ein Fischstäbchen und nicht wie ein Abteilungsleiter. Konnte er unter diesen Umständen eine Führungsperson sein? Nein. Armin Schenkel vergrub seine Nase in den blonden Locken seiner Frau und schlief wieder ein. Er träumte vom Meer.

Sein Sohn Linus stand auf einem Hocker und ließ gerade zwei Fischstäbchen, die er heimlich unter seinem Bett aufgehoben hatte, behutsam ins Aquarium gleiten.

Im Haus Nummer 21, schräg gegenüber von Familie Schenkel, machte Dirk van Kombast bei offenem Schlafzimmerfenster im fliederfarbenen Pyjama seine Morgengymnastik. Dabei fiel sein Blick auf die Terrasse. Einer der drei Säulenwacholder war umgefallen. Hatte es gestern Nacht gestürmt? Seltsam. Er hatte gar nichts gehört.

Auf Höhe des Hauses Nummer 18 lief ein Postbote. Er schob sein schwer beladenes gelbes Fahrrad neben sich her und summte leise vor sich hin.

Der Himmel war grau. Doch es regnete nicht. Der Morgen war nicht wunderschön. Er war auch nicht furchtbar. Es war ein normaler Morgen. Wenn auch nicht für jedermann. Im letzten Haus im Lindenweg stand Elvira Tepes in der Küche und …

„AAAHHH!“, schrie sie.

„FUUUMPFS!“, schrie Mihai Tepes gleichzeitig aus dem Keller.

Die Schreie waren so laut, dass Dirk van Kombast bei einer Storchenübung umkippte. Linus Schenkel ließ vor Schreck ein Fischstäbchen direkt auf einen Guppy fallen. Der Postbote klemmte sich die Finger im Briefschlitz.

Dakaria Tepes kam die Treppe heruntergestürmt. Ihre Mutter stand in der Küche vor dem geöffneten Kühlschrank. Auf ihrer Hand lag ein großes, rundes Silbertablett. Auf dem Tablett lagen ein hübsches weißes Spitzendeckchen aus Papier und ein paar Gürkchen. Sonst nichts.

„Weg“, sagte Frau Tepes und starrte auf das Tablett. „Wurst weg.“

„Ist das die extragroße Wurstplatte für Opa Gustav?“, fragte Daka.

Elvira Tepes schüttelte den Kopf. „Das war sie.“

In dem Moment stürmte Mihai Tepes in die Küche. Er hielt eine zerbrochene Ampulle in der Hand, als wollte er damit auf jemanden losgehen. „Meine eisernen Blutreserven!“, rief er. „Znicnak!“

„Znicnak“ hieß „verschwunden“ oder „weg“.

„Alle Ampullen sind leer. Bis auf den letzten Tropfen!“ Herr Tepes hatte die Augen weit aufgerissen. Sie funkelten dunkel und zornig. Der Lakritzschnauzer zitterte vor Wut. Herr Tepes warf die halblangen schwarzen Haare nach hinten, streckte die Brust heraus und verkündete: „Wer auch immer es gewagt hat, meine Blutreserven zu stehlen, wird die eiskalte Rache des Mihai Tepes, zweiter Sohn einer ehrwürdigen Vampirfamilie, zu spüren bekommen. Und danach wird er gar nichts mehr spüren.“

Elvira Tepes sah ihren Mann besorgt an. Sie hielt noch immer das leere Wursttablett in der Hand. „Aber wer sollte denn deine Blutreserven stehlen? Ich meine, das macht doch kein normaler Mensch.“

Daka nickte bestimmt. Sie hatte sofort einen Verdacht. „Ein normaler Mensch nicht. Aber ein Mensch, der auf fremden Terrassen herumschleicht und einen stinkenden Pflanzentrunk klaut, der schleicht sich auch in den Keller und klaut Blutampullen.“ Haarscharf kombiniert, fand Daka.

Elvira Tepes und Mihai Tepes drehten gleichzeitig den Kopf langsam zum Nachbarhaus. Dirk van Kombast? Sollte ihr Nachbar tatsächlich schon wieder zugeschlagen haben? Möglich war es. Bei ihrem Nachbarn war grundsätzlich alles möglich.

In dem Moment erklang ein lautes, langes Gähnen am oberen Treppenende.

Mihai, Elvira und Daka Tepes spähten in den Flur und sahen, wie Silvania langsam barfuß und in ihrem rot-weiß gepunkteten Nachthemd die Treppe herunterkam. Ihre Füße berührten kaum die Stufen. Silvania schwebte.

„Boi motra!“, sagte sie, als sie am unteren Treppenende angekommen war. Dann setzte sie zu einem weiteren, langen Gähnen an.

Mihai, Elvira und Daka Tepes starrten Silvania an. Silvania hatte Sommersprossen. Das war neu. Die Sommersprossen waren dunkelrot. Sie sahen aus wie eingetrocknete Blutspritzer. Silvanias Haare waren zerwühlt. Zwei Gurkenscheibchen steckten in den rotbraunen Locken. Das war auch neu.

Silvania gähnte zum dritten Mal. Mihai, Elvira und Daka Tepes starrten in ihren Mund. Zwischen den Backenzähnen klemmte etwas. Es sah aus wie …

Salami, dachte Frau Tepes.

Blutwurst, dachte Herr Tepes.

Karlheinz, dachte Daka.

„Oh!“ Silvania nahm schnell die Hand vor den Mund. „Verzeihung. Bin noch nicht ganz wach.“

Mihai, Elvira und Daka Tepes nickten.

„Aber satt bist du schon“, sagte Elvira Tepes. Sie schielte auf das leere Wursttablett und zurück zu Silvania.

„Äh … wieso?“ Silvania kratzte sich am Kopf. Dabei fiel eins der Gürkchen aus den Haaren. Es kullerte über den Fußboden bis zu Herrn Tepes, der es aufhob und wie ein Beweisstück hochhielt.

„Oh.“ Silvania sah schnell auf ihre Füße.

„Du hast Opa Gustavs extragroße Wurstplatte geplündert!“ Elvira Tepes hielt Silvania das leere Tablett wie ein Stoppschild entgegen.

„Und meine Blutreserven ausgetrunken!“ Mihai Tepes hielt sowohl das Gürkchen als auch die leere Ampulle hoch.

Daka musterte ihre Schwester nachdenklich.

Silvania stülpte die Lippen nach außen und zuckte mit den Schultern. „Ich hatte eben Hunger.“

Frau Tepes zog die Augenbrauen hoch. „Hunger? Mitten in der Nacht? Auf 75 Scheiben Wurst und 85 Blutampullen?“

Herr Tepes wiegte den Kopf. Sooo ungewöhnlich fand er das nicht.

„Ich weiß doch auch nicht. Ich konnte nicht schlafen und dann hat mein Magen geknurrt. Es klang wie Gewittergrollen. Ich dachte, wenn ich nicht gleich etwas esse, werde ich verrückt.“ Silvania sah ihre Eltern schuldbewusst an. „Es tut mir leid wegen Opa Gustavs extragroßer Wurstplatte und wegen der 85 Blutampullen. Aber ich *musste* etwas essen.“

Elvira Tepes sah ihren Mann ratlos an.

Herr Tepes legte den Arm um Silvanias Schulter. „Diesen Hunger kenne ich. Er kommt immer in der Nacht. Und du hast vollkommen recht: Man muss sofort etwas essen. Sonst … sonst geschieht noch ein Unglück.“ Herr Tepes sah seiner Tochter ernst in die Augen. „Allerdings“, sagte er dann und warf einen Blick auf die leere Ampulle, „hättest du mir wenigstens ein paar Spritzer für meinen Kaffee übrig lassen können. Jetzt muss ich ihn schwarz trinken."

„Ein paar Scheiben Wurst hättest du auch übrig lassen können." Elvira Tepes sah traurig auf das leere Tablett und steckte sich ein Gürkchen in den Mund.

„Heißt das, Silvania wird jetzt nicht die eiskalte Rache des Mihai Tepes, zweiter Sohn einer ehrwürdigen Vampirfamilie, zu spüren bekommen?", fragte Daka. Nicht, dass sie ihrer Schwester diese eiskalte Rache wünschte. Es war nur gut zu wissen, sollte sie selbst mal so eine nächtliche Hungerattacke bekommen.

Herr Tepes schüttelte wirsch den Kopf. „Natürlich nicht. Wenn Silvania das Blut und die Wurst gegessen hat, ist alles sozusagen in Familienbesitz geblieben. Und Silvania kann ja nichts dafür, dass sie solchen Hunger hatte. Das ist nun mal so bei Vampiren und Halbvampiren." Herr Tepes strich sich über den Lakritzschnauzer. „Ich hatte mich ehrlich gesagt schon gewundert, dass ihr nachts kaum Hunger habt. Aber vielleicht ist das alles eine Frage des Entwicklungsstandes."

Elvira Tepes nickte nachdenklich. „Vielleicht müssen wir einfach mehr Wurst kaufen."

„Und ich muss die Blutreserven aufstocken", sagte Herr Tepes.

„Also ich muss jetzt erst mal noch eine Runde schlafen." Silvania gähnte erneut.

Daka, die sonst immer für ein Nickerchen tagsüber zu haben war, wollte sich ihrer Schwester schon anschließen. Doch dann fiel ihr etwas auf: Sie war putzmunter. Sie öffnete den Mund und wartete auf ein Gähnen. Aber es kam keins.

Silvania ging ins Bett. Daka ging zum Fleischer. Elvira Tepes zog ihren Mann ins Wohnzimmer und sagte: „Findest du das nicht merkwürdig?"

Herr Tepes sah seine Frau fragend an. „Dass du mich mit einem leeren Wursttablett in der Hand ins Wohnzimmer ziehst?"

„Nein." Frau Tepes stellte das Tablett ab. „Ich meine natürlich unsere Töchter. Sie sind so … so verändert."

Herr Tepes machte ein ernstes Gesicht und nickte.

„Vielleicht ist es die Pubertät", flüsterte Elvira Tepes.

Mihai Tepes zog die Augenbrauen hoch. „Jetzt schon?"

Elvira Tepes zuckte mit den Schultern. „Was soll es denn sonst sein?"

„Vielleicht machen sie gerade beide einen großen Entwicklungsschritt", überlegte Herr Tepes laut. „Ich finde, Silvania macht sich prächtig. Habe ich dir erzählt, wie sie neulich bei unserem Ausflug geflogen ist?"

Frau Tepes nickte. „Wie Schwippschwägerin Luda in ihren besten Jahren." Ihr Mann hatte ihr ungefähr dreimal vom Ausflug und von Silvanias neuesten Flugkünsten berichtet. „Also ich finde, Daka hat sich richtig gemacht. Sie ist auf einmal so vernünftig und irgendwie erwachsen. Man muss sie nicht mehr ständig ermahnen, sich an die radikalen Regeln zu halten. Ich weiß gar nicht, wann ich sie in den letzten beiden Tagen fliegen oder flopsen gesehen habe."

Herr Tepes nickte nachdenklich. Um Daka machte er sich allerdings ein wenig Sorgen.

Frau Tepes hatte den Gesichtsausdruck ihres Mannes bemerkt. „Wenn es jedoch kein Entwicklungsschritt und nicht die Pubertät ist ... Vielleicht sollten wir Silvania und Daka doch einmal zur Kontrolle zum Arzt schicken."

„WAS? Du willst unsere Töchter zu Porci-Probas machen? Willst du, dass ihnen die Ohren verkehrt herum angenäht werden oder ein Wecker eingepflanzt wird?" Herr Tepes starrte seine Frau ungläubig an. Seit er sich an einem lauwarmen Nachmittag vor 16 Jahren bei einem Streifzug durch die transsilvanischen Wälder in die Halskrause der schönen deutschen Touristin Elvira Wagenzink verbissen hatte, war sie immer für Überraschungen gut gewesen (Elvira, nicht die Halskrause). Herr Tepes mochte Überraschungen. Doch das ging zu weit.

„Mihai! Deutsche Ärzte sind nicht wie transsilvanische Ärzte", beteuerte Frau Tepes.

„Woher willst du das denn bitte wissen? Du hast seit über 13 Jahren keinen deutschen Arzt mehr gesehen."

Frau Tepes seufzte. Damit hatte Mihai dummerweise recht. Trotzdem. Deutsche Ärzte nähten doch keine Körperteile verkehrt wieder an.

Oder?

„Du kannst dich ja heute den ganzen Tag mit Rose und Gustav über deutsche Ärzte unterhalten", schlug Elvira Tepes vor.

„Das wird eine schöne Geburtstagsfeier", meinte Herr Tepes.

Hätten Herr und Frau Tepes auch nur geahnt, was mit ihren Töchtern los war, hätten sie Opa Gustavs Geburtstag verschoben. Sie hätten Daka und Silvania nicht aus dem Haus gelassen. Sie hätten eine Krisensitzung einberufen. Doch sie hatten keine Ahnung. Wie so viele Eltern.

Auf dem Weg zur Südkurve

Opa Gustav saß auf dem Beifahrersitz und hielt mit beiden Händen die Tür des alten Dacias fest. Sein Schwiegersohn saß auf dem Fahrersitz und warf ab und zu einen Blick auf den Tacho, dessen Nadel die 40 nicht überschritt. Mihai Tepes ignorierte das Hupkonzert hinter ihnen geflissentlich.

Auf der Rückbank saßen Oma Rose, Elvira, Silvania und Daka Tepes. Sie ignorierten den Fahrstil von Mihai Tepes.

„Glaub mir. Du musst die Tür nicht festhalten. Sie klappert nur“, versicherte Herr Tepes seinem Schwiegervater nun zum vierten Mal. Der flaschengrüne Dacia war Baujahr 1974. Er war Mihai Tepes’ ganzer Stolz. Genau genommen war er seine erste Liebe. Aber das sagte er seiner Frau lieber nicht.

Gustav Wagenzink brummte. Er löste tatsächlich kurz eine Hand. Aber nur, um seinen grün-weißen Fanschal hochzuraffen. Es zog im Auto. Das Beifahrerfenster klemmte und steckte auf halber Höhe fest.

Herr Tepes atmete tief ein. „Hm, frische Stadtluft! Ich finde, Klimaanlagen in Autos werden vollkommen überschätzt.“

Gustav Wagenzink nickte. Allerdings nur, weil der Dacia gerade mit einem Rad über den Bordstein fuhr.

Herr Tepes hatte die Kurve unterschätzt. „Hoppla!“, sagte er.

Gustav Wagenzink starrte durch die Windschutzscheibe und hoffte, dass das Stadion bald in Sicht kam. Hätte er vorhin auf der Feier zu Hause nur kein Bier getrunken. Hätte er sich nur nicht von Rose und Elvira überreden lassen, in diese flaschengrüne, rumänische Schrottkiste zu steigen. Seiner Frau gefiel der Dacia. Kein Wunder, sie arbeitete ja auch in einem Museum. Und genau da gehörte das Auto seines Schwiegersohns auch hin, fand Gustav Wagenzink. Der Schwiegersohn selbst dagegen sollte einmal zum Arzt gehen. Der Meinung war Gustav Wagenzink, seit er den schlanken, großen, blassen Mann mit dem seltsamen Schnauzer und so manch seltsamer Angewohnheit zum ersten Mal gesehen hatte. So ganz verstand er immer noch nicht, warum seine Tochter nicht lieber den freundlichen, zuverlässigen und zurückhaltenden Verkaufsberater Oliver Rumske aus dem Autohaus geheiratet hatte. Dann würden sie jetzt mit Sicherheit in einem neuen Wagen sitzen, in dem alle Türen und Fenster tadellos funktionierten.

Immerhin schien sein Schwiegersohn auf dem Weg der Besserung zu sein. Denn der begann mit der Einsicht und die wiederum war Mihai Tepes offenbar gekommen. Er hatte seinen Schwiegervater zumindest die ganze Feier über mit Fragen über Ärzte gelöchert. Es waren sehr seltsame Fragen. Fragen, die zeigten, dass Mihai Tepes einen Arzt brauchte. Wenn nicht sogar mehrere.

Opa Gustav musterte seinen Schwiegersohn aus den Augenwinkeln. Der summte ein Lied und nahm gerade einem Kleinlaster die Vorfahrt. Der Kleinlaster hupte. Mihai Tepes hupte fröhlich zurück. Opa Gustav starrte auf einen Schmutzfleck an der Windschutzscheibe und seufzte.

„So, da wären wir", sagte Mihai Tepes.

Sie standen auf einem riesengroßen Parkplatz, der voller Autos war. Vor ihnen erhob sich ein großes, ovales Gebäude. Es war aus grauem Beton und wurde von gewaltigen Stahlpfeilern gestützt. Es war das Wiesenstadion – das größte Fußballstadion Bindburgs. Es bot Platz für 42 000 Zuschauer, hatte Naturrasen und entsprach internationalen Standards. Opa Gustav war bei dem Eröffnungsspiel im Jahre 1984 dabei gewesen. Damals gewann der FC Bindburg 3 : 1 gegen den damaligen Tabellenführer. Und so sollte es auch heute wieder sein. Der FC Bindburg würde als unumstrittener Sieger vom Platz gehen. Das hatte Gustav Wagenzink zumindest für sich beschlossen.

Opa Gustav stieg aus dem Vehikel seines Schwiegersohns, warf sich den grün-weißen Fanschal über die Schulter und sah voller Zuversicht zum Stadioneingang. Dann lächelte er seiner Frau zu, die gerade aus dem Dacia stieg. Es war Roses Idee gewesen, dass sie gemeinsam zum Fußballspiel gingen. So konnte Opa Gustav seinen Geburtstag mit den beiden wichtigsten Sachen der Welt feiern: seiner Familie und dem FC Bindburg. Es kamen sogar noch Ludo und Helene, die neuen Freunde der Zwillinge.

Helene war offenbar ein Fußballfan, was sie Gustav Wagenzink gleich sympathisch machte.

Opa Gustav lief mit seiner Frau, seiner Tochter und den Enkeltöchtern im Schlepptau auf den Stadioneingang zu. Mihai Tepes folgte mit etwas Abstand. Er musterte die Fußballfans und lauschte erstaunt den Gesängen, dem Getröte und dem Gejohle. Er war noch nie bei einem Fußballspiel gewesen. Er hatte noch nie ein Fußballspiel im Fernsehen gesehen oder eine Übertragung im Radio gehört. In Bistrien spielte man keinen Fußball. Man spielte Flugball, Schrumpfkopfkegeln oder Höhlenhockey. Doch von seinem Schwiegervater wusste Mihai schon viel über Fußball. Der Ball war rund. Der Rasen grün. Und ein Spiel dauerte 90 Minuten.

90 Minuten.

Wie sollte er das aushalten? Mihai Tepes runzelte die Stirn. In dem Moment legte ein grün-weißer Fan seinen Arm um Herrn Tepes' Schulter und sang ihm ins Ohr: „So sehen Sieger aus, schalalalala, so sehen Sieger aus, schalalalala."

Mihai Tepes nickte dem Fan wohlwollend zu. Immerhin waren die Zuschauer freundlich. Und sie hatten Menschenkenntnis. Beziehungsweise Vampirkenntnis.

Die erste Halbzeit

Bis zur Halbzeitpause waren es nur noch zwei Minuten. Zwischen dem FC Bindburg und Blackcastle United stand es 0 : 0. Trotzdem war es eine spannende erste Halbzeit gewesen. Blackcastle United war zwar öfter im Ballbesitz gewesen, doch der FC Bindburg hatte die besseren Torchancen gehabt. Leider hatte er sie alle vergeben. Einmal ging der Ball an die Latte, dann kam der gegnerische Torwart noch mit den Fingerspitzen an den Ball heran und einmal pfiff der Schiedsrichter auf Abseits. Obwohl sich Opa Gustav und alle FC-Bindburg-Fans einig waren, dass es kein Abseits war. Aber sie wurden nicht gefragt.

Opa Gustav hatte in den ersten 45 Minuten mindestens zehn Haare verloren, da er sie sich so oft gerauft hatte. Helene hatte jedes Mal laut geschrien, wenn ihr Lieblingsspieler Florian Schwertfeger sich den Ball erobert hatte. Daka hatte sich mitreißen lassen. Sie schrie, pfiff und sang, als wäre sie in einem Fußballstadion zur Welt gekommen und nicht in einer unterirdischen Vampirklinik in Bistrien. Allerdings hatte sie die Spielregeln noch nicht ganz verinnerlicht. So kam es vor, dass sie manchmal auch Blackcastle United anfeuerte. Das brachte ihr einen verwirrten Blick von Opa Gustav und einen leichten Ellbogenstoß von Helene ein.

Noch verwirrter sah Opa Gustav allerdings seinen Schwiegersohn und Silvania an. Die beiden feuerten weder den FC Bindburg noch Blackcastle United an. Sie klatschten noch nicht einmal. Keinen Mucks gaben sie von sich. Das Spiel ließ sie vollkommen kalt. Das lag womöglich daran, dass sie Kopf an Kopf aneinanderlehnten und schliefen. Herr Tepes schnarchte so laut, dass es über die Fangesänge hinweg zu hören war. Sein Lakritzschnauzer erzitterte bei jedem Schnarcher. Silvania zuckte ab und zu im Schlaf zusammen, wenn ein Fan hinter ihnen in seine Tröte blies. Doch sie wachte nicht auf.

Gustav Wagenzink war es unbegreiflich, wie man in einem Fußballstadion schlafen konnte. Vor allem, wenn der FC Bindburg spielte! Er schüttelte ungläubig den Kopf, als der Schiedsrichter gerade zur Halbzeitpause pfiff.

Ludo, der zwischen Oma Rose und Mihai Tepes saß, stieß die beiden Schlafenden an.

Herr Tepes wachte mit einem animalischen Grunzen auf. „Was gibt's, Lumpu?"

„Halbzeit", sagte Ludo. Er hatte sich daran gewöhnt, dass Herr Tepes sich seinen Namen nicht merken konnte.

„Du hast ganz schön was verpasst!", bellte Gustav Wagenzink seinem Schwiegersohn zu.

Mihai Tepes sah zur großen Anzeigetafel, auf der 0 : 0 stand. „Bei dem Spielstand?"

Herr Wagenzink winkte ab. Wie sollte man jemandem, der es spannend fand, wenn zwei Zecken gegeneinander um die Wette liefen, erklären, was an einem Fußballspiel spannend war – selbst, wenn keine Tore gefallen waren?

Auch Silvania war aufgewacht. Sie blinzelte verschlafen in die Menschenmenge und gähnte. Als ihr die viel zu langen Eckzähne einfielen, hielt sie sich schnell die Hand vor den Mund. Plötzlich riss sie die Augen auf. Sie hatte in der Menge ein bekanntes Gesicht entdeckt. Es war ein längliches, blasses Gesicht. Die Nase war etwas spitz. Die linke Wange schmückte ein Leberfleck. Die Augen standen etwas schräg und waren hellgrau. So grau wie ein Winterhimmel. In die hohe Stirn fielen ein paar rotblonde Strähnen. „Jacob!", rief Silvania und winkte mit ihrem Schal. „JAAACOOOB!"

Jacob sah suchend zum Block hinüber, in dem die Tepes saßen. Dann entdeckte er sie. Seine Nachhilfeschülerin. Sie winkte ihm. Mit einem Schal. Mit *seinem* Schal. Jacob zögerte eine Sekunde. Dann winkte er mit seinem gelb-schwarzen Fanschal zurück.

Er sah, wie sich ein älterer Mann zu Silvania hinüberbeugte und etwas zu ihr sagte, woraufhin Silvania kurz die Schultern zuckte. Dann richtete sich der ältere Herr auf, rückte seinen grün-weißen Fanschal zurecht und warf Jacob einen Blick zu, der einem Foul gleichkam.

Jacob ließ den Blick über Silvanias Begleiter schweifen. Er erkannte Herrn und Frau Tepes, Ludo, Helene und Daka. Er hob die Hand, um Daka zu grüßen. Diese schnappte sich daraufhin von ihrem Vordermann eine grün-weiße Fankappe, setzte sie auf und streckte Jacob die Zunge heraus. Es war eine lange, spitze violette Zunge. Sie war gut zu sehen.

Jacob ließ die Hand langsam sinken. Auch, wenn Silvania es ihm beteuert hatte: Normal waren diese Tepes auf keinen Fall.

Daka kämpfte sich mit Helene zurück zu ihren Sitzplätzen. In der linken Hand hielt sie einen Becher mit Schorle, in der rechten ein Baguette. Ein warmes, dampfendes Baguette mit einer weißlichen, schmelzenden Creme und kleinen hellen Stückchen darauf.

Ein Knoblauchbaguette.

Als Daka sich an der kleinen Imbissbude das Baguette bestellt hatte, hatte sie ihren eigenen Ohren beinahe nicht getraut. Sie, Dakaria Tepes, bekennender und praktizierender Halbvampir aus Bistrien, bestellte sich ein Knoblauchbaguette?!? Auch Helene hatte sie mit großen Augen angesehen. Daka konnte nur mit den Schultern zucken. Sie hatte auf einmal totalen Appetit auf Knoblauch. Woher der Appetit kam, wusste sie auch nicht. Sie wusste nur eins: Er musste gestillt werden. Sofort.

Vielleicht, überlegte Daka, während sie sich mit dem Baguette und dem Becher durch die Sitzreihen zwängte, ist das die Integration, von der immer alle reden. Wenn ein Halbvampir ein Knoblauchbaguette aß – freiwillig! –, dann war er bestimmt eingebürgert. Das war ja dann doch recht schnell gegangen, fand Daka und biss genüsslich vom Baguette ab. Und da regte sich Silvania immer auf, Daka würde sich nicht anpassen. Silvania hatte einfach keine Ahnung, wie das mit der Integration lief. Sie las, guckte Filme und grübelte – aber von der Praxis war sie mindestens drei Baguettestangen entfernt.

Daka drängte sich an Opa Gustav und Oma Rose vorbei, die Herrn Tepes gerade die Abseitsregel erklärten. Zumindest versuchten sie es. Sie stellte sich neben Silvania, die mit dem rot-blau gestreiften Schal spielte und versonnen zum gegnerischen Fanblock sah. Daka stellte den Becher ab und tippte ihrer Schwester auf die Schulter.

Silvania drehte sich um.

„Probier mal ein Stück“, sagte Daka und hielt Silvania das Knoblauchbaguette direkt vor die Nase. „Ist gut für die Integration.“

Silvania starrte das Baguette an, als wäre es voller Taubenkacke. Sie zog die Oberlippe leicht nach oben und die Augenbrauen zusammen. Sie rümpfte die Nase. Dann schnaufte sie, als wäre eine Mücke in ein Nasenloch geflogen. Die Nasenflügel zitterten.

Daka lächelte ihrer Schwester aufmunternd zu.

Silvania schwankte. Jetzt zitterten nicht nur ihre Nasenflügel, sondern auch ihre Lippen.

„Es ist wirklich lecker“, sagte Daka und hielt das Baguette noch dichter unter Silvanias Nase.

Silvania antwortete nicht. Ihre Pupillen wanderten nach innen, bis sie schielte.

„Silvania?“ Daka musterte ihre Schwester besorgt.

WUUUMMMSSS!
Silvania kippte der Länge nach um.
Ludo fing im letzten Moment ihren Kopf auf. Auch Helene, Frau Tepes und die Wagenzinks waren sofort zur Stelle. Sie hoben Silvania vorsichtig hoch und legten sie auf die Sitzreihe. Opa Gustav hielt ihre Beine hoch. „Keine Panik. Ich habe alles unter Kontrolle!“, rief er.
Helene fächerte Silvania mit ihrem Fanschal Luft zu, Frau Tepes hielt ihre blasse, kalte Hand und Oma Rose massierte ihre Füße. Nur Herr Tepes hielt sich etwas im Hintergrund und gab Daka verzweifelt Zeichen, das Knoblauchbaguette zu vernichten. Umgehend. Rapedadi.
Daka stopfte das Baguette in den Mund und spülte es mit der Schorle herunter. Jetzt durfte sie nur nicht aufstoßen. Sie setzte sich neben ihre ohnmächtige Schwester und legte sich Silvanias Kopf behutsam auf den Schoß. Sie musterte Silvanias Gesicht. Es war noch blasser als sonst. Auf der Stirn und an den Schläfen konnte man blaue Äderchen erkennen. Daka strich ihrer Schwester eine rotbraune Strähne von der Wange. Sie beugte sich zu ihr und flüsterte: „Es tut mir leid. Das war eine dumme Idee, das mit dem Knoblauchbaguette. Ich mache es nie wieder. Versprochen. Und jetzt bitte, bitte, wach wieder auf!“
Herr und Frau Tepes standen etwas abseits. Sie steckten die Köpfe zusammen und tuschelten.
„Seit wann isst Daka Knoblauch?“, wunderte sich Herr Tepes.

„Und wieso fällt Silvania gleich in Ohnmacht, wenn sie Knoblauch riecht?“, wunderte sich Frau Tepes. „Sie ist doch sonst nicht so empfindlich.“

„Vielleicht hast du doch recht mit dem Arzt“, sagte Herr Tepes und strich sich über den Lakritzschnauzer.

Frau Tepes nickte langsam. Natürlich hatte sie recht. „Wir müssen einen Arzttermin ausmachen.“

„Sie ist wach!“, rief in dem Moment Oma Rose und deutete auf Silvania, die sich leicht verstört erhob.

„Es geht weiter!“, rief Opa Gustav und deutete auf das Fußballfeld.

Herr Tepes warf einen Blick auf das Spielfeld und seufzte. Hätte er sich nur etwas zu lesen mitgenommen.

Die zweite Halbzeit

Florian Schwertfeger rann der Schweiß von der Stirn. So ein Spiel hatte er noch nie erlebt. Obwohl er letzte Woche erst 21 Jahre alt geworden war, hatte er als Profi schon an über 165 Spielen teilgenommen. Darunter waren einfache Spiele gewesen, langweilige, schlechte und brillante. Doch das Spiel gegen Blackcastle United war ein anderes Kaliber. Es war das härteste Spiel, an dem Florian Schwertfeger bis jetzt teilgenommen hatte. Beide Mannschaften kämpften verbissen. Jeder Spieler rannte um den Ball, als ginge es um sein Leben. Keiner gab einen Zweikampf auf. Die Spieler von Blackcastle United waren schnell und unberechenbar. Die Spieler des FC Bindburg waren kopfballstark und beherrschten die Standardsituationen aufs Feinste. Beide Mannschaften hatten den unerschütterlichen Willen zu siegen.

Zunächst sah es auch so aus, als würde das dem FC Bindburg gelingen. In der 81sten Minute gab es für den FC Bindburg eine Ecke. Florian Schwertfeger flankte den Ball direkt auf seinen Teamkollegen Lars Kurbjuweit. Der 1,92 Meter große Spieler köpfte den Ball direkt ins Tor. Es stand 1 : 0 für den FC Bindburg. Das Wiesenstadion tobte. Die Spieler des FC Bindburg lagen sich in den Armen. Lars Kurbjuweit führte einen Bauchtanz auf. Florian

Schwertfeger rannte dreimal im Kreis. Trevor Ward, der Torhüter der gegnerischen Mannschaft, schlug den Kopf gegen den Torpfosten. Danach ging es ihm wieder besser.

Doch der Bauchtanz von Kurbjuweit lag gerade mal zwei Minuten zurück, da fiel das nächste Tor. Leider nicht für den FC Bindburg. Blackcastle United hatte blitzschnell gekontert und mit einer traumhaften Kombination das 1 : 1 erzielt. Die Blackcastle-United-Fans sprangen von den Plätzen auf und fielen sich in die Arme. Trevor Ward umarmte auf der anderen Seite vor Freude den Torpfosten.

Florian Schwertfeger wischte sich mit dem Ärmel den Schweiß von der Stirn und stemmte die Hände in die Hüfte. Es waren nur noch sieben Minuten bis zum Abpfiff. Der Torwart des FC Bindburg brüllte vor Wut und sprang wie ein Gorilla hin und her. Die Fans hielten sich vor Spannung die grün-weißen Schals vors Gesicht.

In den nächsten Minuten folgte ein Angriff dem nächsten. Jeder wollte das entscheidende Tor erzielen. Doch die Spieler waren nervös. Immer wieder kam es zu Ballverlusten, Fehlpässen, Verwarnungen seitens des Schiedsrichters und Spielunterbrechungen. Die Fans wurden immer unruhiger. Die Trainer hielt es nicht mehr auf den Bänken. Die Ersatzspieler bissen sich auf die Lippen.

Da erkämpfte sich Florian Schwertfeger den Ball. Er gewann den Zweikampf gegen den gegnerischen Abwehrspieler und stürmte mit dem Ball aufs Tor zu. Die Zuschauer jubelten. Aus den Augenwinkeln suchte Schwertfeger nach seinem Teamkollegen, während er vorwärtspreschte. Plötzlich schoss wie aus dem Nichts ein gegnerischer Spieler heran. Es war Jack Anderson, der beste und gefürchtetste Abwehrspieler von Blackcastle United.

Florian Schwertfeger sprintete noch schneller, doch Jack Anderson war dicht hinter ihm. Jeden Moment würde er ihn eingeholt haben. Auf einmal spürte Schwertfeger, wie ihn etwas nach hinten zog. Er verlor das Gleichgewicht, stürzte im vollen Lauf zu Boden und überschlug sich zweimal. Wie in Trance hörte er den Pfiff des Schiedsrichters.

Der Schiedsrichter entschied schnell und – wie die Fans vom FC Bindburg fanden – vollkommen korrekt: Jack Anderson hatte Florian Schwertfeger im Strafraum gefoult. Es gab einen Elfmeter für den FC Bindburg. Der Trainer des FC Bindburg stieß vor Freude die Faust in die Luft. Der Trainer von Blackcastle United stürmte auf einen Linienrichter zu und beschwerte sich lautstark. Der Linienrichter schob den aufgebrachten Trainer langsam, aber bestimmt zurück zu seiner Bank. Dort holte der Blackcastle-Trainer ein hellblaues Tuch aus der Hosentasche, auf das er zuvor das Parfüm seiner Frau getropft hatte, hielt es sich an die Nase und atmete tief ein. Das Parfüm hieß „Hauch einer Nacht“ und beruhigte sofort.

Der Schiedsrichter gab kurze Anweisungen zum Strafstoß. Florian Schwertfeger nickte abwesend. Er würde den Strafstoß ausführen. In Gedanken sah er den Ball schon im Netz zappeln.

Trevor Ward, der Torhüter von Blackcastle United, ging in Position. Breitbeinig stellte er sich auf die Torlinie. Seine Augen waren schmal wie die Torlinie. Er wippte leicht nach rechts und links, ließ Schwertfeger dabei aber nicht aus den Augen.

Florian Schwertfeger nahm den Ball in die Hand, berührte ihn mit den Lippen und schloss einen Moment die Augen. Dann legte er sich den Ball zurecht. Er trat drei Schritte zurück, sah auf den Ball und dann zum Torhüter.

Trevor Ward musterte ihn wie ein hungriger Wolf. Seine Augen schienen zu sagen: „Versuch es, Kleiner, aber an mir kommst du nicht vorbei."

Florian Schwertfeger war sich sicher gewesen, dass er den Ball in die rechte Ecke schießen würde. Doch jetzt überkamen ihn Zweifel. Sollte er lieber in die linke Ecke schießen? Aus irgendeinem Grund erschien ihm die Lücke dort heute größer. Florian Schwertfeger ballte eine Hand zur Faust. Er musste sich entscheiden. Jetzt.

Im Wiesenstadion war es mucksmäuschenstill. Helene und Daka hielten sich den Fanschal vors Gesicht. Die auferstandene Silvania knirschte vor Anspannung mit den Zähnen. Frau Tepes spielte an einem ihrer langen Ohrringe und versuchte sich einzureden, dass alles nur ein Spiel war. Sogar Herr Tepes hatte bemerkt, dass auf dem Spielfeld etwas passiert war. Er musste zugeben, dass Fußball durchaus spannende Momente hatte. Wenn auch nicht so viele wie Rennzeckenrennen.

Opa Gustav wedelte sich mit der Eintrittskarte Luft zu. Was war das wieder für ein Spiel! Konnte der FC Bindburg nicht einfach schon in der ersten Halbzeit 3 : 0 in Führung gehen, anstatt in der 88sten Minute einen Elfmeter verwandeln zu müssen? Das wäre bedeutend gesünder für sein Herz.

Oma Rose tätschelte die Hand ihres Mannes und beobachtete ihn besorgt aus den Augenwinkeln. Wenn er sich bloß nicht zu sehr aufregte! Seit dem vertraulichen Gespräch mit dem Hausarzt versuchte Rose, jede Aufregung von ihrem Mann fernzuhalten. Doch das war nicht leicht, wenn man mit einem glühenden Fußballanhänger verheiratet war. Selbst, wenn in einem Spiel nicht viel passierte, regte sich Gustav auf. Nämlich, dass es langweilig war.

Ludo stand reglos zwischen Herrn Tepes und Oma Rose. Er starrte auf das Fußballfeld und sagte leise: „Der hält."

Oma Rose zuckte zusammen. „Was hast du da eben gesagt?"

„Der hält, der Torwart", sagte Ludo.

„Pssst!", machte Oma Rose und sah besorgt zu ihrem Mann. „Sag doch nicht so etwas."

„Es ist aber so. Schwertfeger schießt in die linke Ecke und Ward hechtet in die linke Ecke. Er wird den Ball halten", erklärte Ludo.

Herr Tepes runzelte die Stirn. „Bist du dir sicher?"

Ludo nickte. „Ich sehe es dieses Mal ganz klar. Das Bild ist nicht verschwommen."

„Um Himmels willen!", sagte Oma Rose, die über Ludos hellseherische Fähigkeiten bestens informiert war. „Das übersteht Gustav nicht! Kann denn nicht jemand etwas unternehmen? Irgendetwas?“

Herr Tepes sah die Verzweiflung in den Augen seiner Schwiegermutter. Der rosige Schimmer auf ihren Wangen war verschwunden und sie war jetzt fast so blass wie er. Im Gegensatz zu ihm stand ihr die Blässe gar nicht gut. Herr Tepes mochte Rose Wagenzink sehr. Sie war nicht nur die Mutter der wunderbarsten Frau der Welt, sondern selbst eine wunderbare Person. Natürlich nicht so wunderbar wie Elvira. Und selbst, wenn er Gustav Wagenzink für nicht ganz so wunderbar hielt, wollte er dennoch nicht, dass sein Schwiegervater wegen eines verschossenen Elfmeters seiner Fußballmannschaft als Porci-Proba ins Krankenhaus eingeliefert werden musste. Schon gar nicht an seinem Geburtstag.

Herr Tepes atmete tief durch und streckte die Brust heraus. Es sah ganz danach aus, als ob er die Sache in die Hand nehmen musste. Das Glück von seiner Schwiegermutter, Opa Gustav, Tausenden Fußballfans und dem FC Bindburg ruhte auf seinen Schultern. Zum Glück waren sie recht breit. Mihai Tepes beugte sich zu Oma Rose und drückte ihre Hand. „Mach dir keine Sorgen. Ich kümmere mich darum.“

Oma Rose sah ihren Schwiegersohn verwundert an. Was hatte er vor? Sie machte den Mund auf, um Mihai danach zu fragen, doch im nächsten Moment war er verschwunden. Weg. Znicnak. Ihr Schwiegersohn hatte sich in Luft aufgelöst. Dort, wo er eben noch gestanden hatte, war ein leerer Platz.

Ludo sah nicht weniger verblüfft aus als Frau Wagenzink. Es gab Dinge, die waren so unglaublich, die konnte er nicht voraussehen.

Trevor Ward verlagerte sein Gewicht von einem Bein aufs andere. Er hatte die Arme weit ausgebreitet. Die Finger, die von dicken Handschuhen verhüllt waren, hatte er auseinandergestreckt. Seine Zähne zermalmten unablässig einen Kaugummi. Sein Kopf war stur geradeaus gerichtet. Trevor Ward ließ Florian Schwertfeger nicht aus den Augen. Keine einzige Millisekunde. Er blinzelte nicht. Er kratzte sich nicht, obwohl es im linken Nasenloch juckte. Er zog nicht an der Hose, obwohl sie zwickte. Trevor Ward war ein Profi. Er war einer der besten und bestbezahlten Torhüter ganz Europas. Nicht ohne Grund hatte er den Spitznamen Ballwerk.

Trevor Ward stand vor dem Tor wie ein Bär, der seine Höhle bis aufs Blut verteidigen würde. Er marterte den Elfmeterschützen mit Blicken wie Giftpfeile. Trevor Ward konnte nicht hellsehen. Aber er hatte die Fähigkeit, bei manchen Spielern erkennen zu können, in welche Ecke sie schießen. Er musterte Schwertfeger eingehend. Links, dachte er. Er schießt in die linke Ecke. Das Ballwerk war sich vollkommen sicher.

Der Schiedsrichter pfiff und Florian Schwertfeger nahm Anlauf.

Die Zuschauer hielten die Luft an.

Der Trainer vom FC Bindburg drückte sein Gesicht in den dicken Bauch des Mannschaftsarztes.

Trevor Ward fixierte den Ball, den Schwertfegers Fuß jede Sekunde treffen würde. Er wollte sich in die linke Torhälfte werfen, als er plötzlich ein Geräusch hörte. Ganz dicht bei seinem Ohr. Und ganz deutlich. Jemand sagte: „Wussten Sie, dass 80 Prozent aller Elfmeter verwandelt werden? Das sagt mein Schwiegervater und der müsste es wissen. Er ist übrigens Fan vom FC Bindburg."

Trevor Ward sah sich irritiert um.

ZONG!, war der Ball im Tor.

Das Netz wackelte.

Trevor Ward zitterte.

Florian Schwertfeger machte zwei Luftsprünge.

Die Fans des FC Bindburg jubelten.

Der Trainer küsste den Bauch des Mannschaftsarztes, sprang auf und fiel der erstbesten Person in der Nähe um den Hals. Es war ein Mann vom Sicherheitsdienst, der gerade in der Nase bohren wollte.

Das Ballwerk war gebrochen. Trevor Ward stand fassungslos im Tor und sah sich nach allen Seiten um. Da entdeckte er ihn. Am Rand des Spielfeldes stand ein schlanker Mann in einem schwarzen Anzug. Er hatte halblange dunkle Haare und einen seltsamen, verkringelten Schnauzbart. Der Mann wurde von zwei Sicherheitskräften in zitronengelben Westen gehalten und lächelte ihm freundlich zu.

„YOU!", brüllte Trevor Ward und stürmte auf den Schnauzbartträger zu.

Blitzschnell waren der Linienrichter und ein paar

Spieler zur Stelle und hielten den aufgebrachten Torhüter zurück. Er behauptete, dieser Mann hätte ihn während des Elfmeters in ein Gespräch verwickeln wollen.

Der Linienrichter zog nur die Augenbrauen hoch. Was manche Spieler nicht alles versuchten, damit ein Strafstoß, eine gelbe Karte oder ein Tor rückgängig gemacht wurde. Vielleicht, überlegte der Linienrichter, sollte ich ein Buch darüber schreiben. Er erklärte Trevor Ward in aller Ruhe, dass er und seine Kollegen während des Strafstoßes keinen Mann gesehen haben. Der freundliche Mann mit dem Schnauzbart war erst nach Ausführung des Elfmeters am Spielfeldrand aufgetaucht. Zumindest haben ihn die Sicherheitsleute dort entdeckt. Woher er kam, wusste keiner so recht. Der Mann sprach nur gebrochen Deutsch und hatte sich – soweit sie ihn verstanden – auf dem Weg zur Toilette verlaufen. Wie er dabei am Spielfeldrand landen konnte, war allerdings allen ein Rätsel.

Auch Opa Gustav war es ein Rätsel, was sein Schwiegersohn dort unten bei dem Tumult am Spielfeldrand machte. Hatte er nicht eben noch ein paar Plätze neben ihm gesessen? Verwundert sah er seine Tochter und seine Frau an.

Elvira zuckte mit den Schultern und grinste schief. Innerlich kochte sie. Wie konnte Mihai nur mitten am Tag und vor Tausenden von Menschen einfach flopsen? Wie sollten sie Daka und Silvania dazu bringen, sich an die radikalen Regeln zu halten, wenn er sich selbst nicht daran hielt? Die Erziehung durch

Vorbildwirkung, von der Mihai ein großer Anhänger war, ging nach hinten los. Immerhin hatte Mihai sich so schnell aufs Spielfeld geflopst, dass ihn niemand mit dem bloßen Auge gesehen hatte. Wenn er etwas Falsches machte, dann richtig.

Oma Rose hatte die Brille aufgesetzt, um ihren Schwiegersohn besser sehen zu können. Tatsache. Er stand unten am Spielfeldrand, umgeben von Sicherheitskräften. Sie wusste nicht, was er genau mit dem Torwart gemacht hatte, der wild in seine Richtung gestikulierte. Aber es sah ganz so aus, als wäre ihr Schwiegersohn am 2 : 1 für den FC Bindburg beteiligt gewesen. Oma Rose sah voller Dankbarkeit und Stolz zu ihrem Schwiegersohn. Er wurde gerade abgeführt. Sie seufzte. Auf Mihai war wirklich Verlass. Allerdings hatte sie eher an Beruhigungstropfen für Gustav gedacht, als sie gefleht hatte, jemand solle etwas unternehmen.

„Rose!“, riss ihr Mann sie aus den Gedanken. „Wie kommt unser Schwiegersohn an den Spielfeldrand?“

Rose Wagenzink hakte sich bei ihrem Mann ein. „Wahrscheinlich warst du so vom Spiel gefangen, dass du gar nicht mitbekommen hast, wie er auf Toilette gegangen ist. Ich nehme an, er hat sich auf dem Rückweg verlaufen.“

Opa Gustav runzelte die Stirn. Bis jetzt hatte sich noch nie jemand von der Toilette aufs Spielfeld verlaufen. Und Opa Gustav ging seit seinem ersten Lebensjahr zu Fußballspielen. Und er ging regelmäßig auf Toilette.

Rose Wagenzink lächelte ihrem Mann zuckersüß zu. Auf einmal ertönten zwei Pfiffe. Das Spiel des FC Bindburg gegen Blackcastle United war zu Ende. Auf der Anzeigentafel leuchtete der Spielstand: 2 : 1 für den FC Bindburg.

Die Fans schrien, fielen sich in die Arme, hüpften und sangen. Manche weinten sogar. Ein Meer aus grün-weißen Mützen, Schals, T-Shirts und Fahnen toste. Gustav Wagenzink wischte sich mit dem Fanschal eine Träne aus dem Augenwinkel und legte den Arm um seine Frau. Verschwommen sah er, wie die Spieler auf dem Platz Florian Schwertfeger auf die Schultern nahmen und eine Ehrenrunde mit ihm liefen. Gustav Wagenzink stieß einen langen Seufzer aus. Es war der schönste Geburtstag seines Lebens.

Freudiges Grunzen

Hätte Jacob Barton nach dem Spiel sofort das Wiesenstadion verlassen, wie die meisten der frustrierten Blackcastle-United-Fans, wäre er nicht leichtsinnig in eine gefährliche Situation geraten. Eine lebensgefährliche Situation.

Hätte Jacob nicht noch einen letzten enttäuschten Blick auf das Spielfeld geworfen und wäre mit seinen Freunden nach Hause gegangen, wäre alles anders gekommen.

Doch so lief er mit gesenktem Kopf alleine auf den Stadionausgang zu. Er konnte gar nicht glauben, dass Trevor Ward beim Elfmeter gepatzt hatte. Nur den Kopf hatte er kurz bewegt, sonst nichts. So hielt man natürlich keinen Ball. Aber auch Weltklassetorhüter hatten mal einen schlechten Tag. Irgendwie, fand Jacob, war das auch beruhigend zu wissen.

„Hallo!"

Jacob blickte auf. Direkt in zwei lindgrüne Augen. Sofort waren Trevor Ward, der Elfmeter und das Spielende aus seinem Kopf verschwunden. „Hallo, Silvania!" Jacob musterte seine Nachhilfeschülerin. Irgendwie sah sie heute anders aus. Ihre Haut war noch blasser und hatte einen bläulichen Schimmer. Ihre Augen hatten einen seltsamen Glanz. Hätte sich Jacob in diesem Moment umgedreht und wäre weitergegangen, hätte er Silvania in blasser, aber guter

Erinnerung behalten. Doch er sagte: „Herzlichen Glückwunsch."

„Danke." Silvania wickelte eine Strähne um den Finger. „Äh ... wozu?"

„Zum Sieg." Jacob lächelte.

Silvania starrte Jacob an und presste die Lippen aufeinander.

„Schwertfeger war wirklich gut", fuhr Jacob fort, da Silvania nichts sagte. „Ich glaube trotzdem, Ward hatte nur einen schlechten Tag. Sonst wäre die Sache ganz anders ausgegangen."

„Hm", machte Silvania und nickte. Sie rückte ein Stück näher an Jacob heran.

Sie sah auf seinen Hals. Hatte er dort etwas? Jacob fuhr sich mit der Hand über den Nacken.

Silvania gab einen Grunzlaut von sich.

Jacob zog die Augenbrauen hoch. „Wie bitte?"

Silvania machte „grrr".

Grrr? Jacob wich ein Stück zurück.

Aus Silvanias Mund lief Speichel. Ihre Nasenflügel zitterten. Jacob kannte Silvania zwar noch nicht lange, aber so hatte er sie noch nie erlebt. Sie grunzte, sabberte, zitterte. Und machte „grrr". Drückte man in Transsilvanien so seine Freude aus? Auf einmal fiel Jacob die SMS von gestern Abend ein. „Stimmt ja! Du warst krank. Geht es dir wieder gut?", fragte er. Obwohl die Antwort ganz offensichtlich nur Nein lauten konnte.

Silvania reckte Jacob ihren Kopf entgegen. Sie war nur noch zehn Zentimeter von seinem Hals entfernt.

Jacob neigte sich zu Silvania. „Willst du mir etwas sagen?“ Wahrscheinlich wollte sie nicht öffentlich so laut über ihre Krankheit sprechen.

Doch Silvanias Mund näherte sich nicht Jacobs Ohr. Er näherte sich Jacobs Hals. Er war nur noch einen Fingerbreit entfernt von der Haut und der pulsierenden Ader darunter.

„Keine Angst“, flüsterte Jacob.

In dem Moment riss Silvania den Mund weit auf. Zwei gewaltige Eckzähne kamen zum Vorschein, scharf wie Speerspitzen. Silvania zog den Kopf kurz zurück und holte zum kräftigen Biss aus. Eine Sekunde später stieß sie mit ihren Eckzähnen tief in Jacobs Fleisch.

SCHMATZ!

Das hätte sie getan. Hätte Ludo nicht alles vorausgesehen, sich durch die Massen zu Silvania gekämpft und sie in letzter Sekunde zurückgezogen (was gar nicht so einfach war, seit Silvania außerordentliche Kräfte hatte).

Jacob starrte Silvania entsetzt an.

Ludo redete auf Silvania ein.

Silvania blickte entsetzt zu Jacob. Was hatte sie getan? Um ein Haar hätte sie ihren Nachhilfelehrer mitten im Wiesenstadion blutleer gesaugt.

Ludo hakte sich bei der bestürzten Silvania ein und zog sie Richtung Ausgang. Er lächelte Jacob entschuldigend zu. „Tut mir leid. Silvania ist ein radikaler FC-Bindburg-Fan. Sie kann Fans der gegnerischen Mannschaft auf den Tod nicht ausstehen. Nimm es nicht persönlich.“

Jacob nickte automatisch und sah den beiden nach. Hatte Silvania eben versucht, ihn in den Hals zu beißen? Oder war es ihm nur so vorgekommen? Wie auch immer: Er nahm es nicht persönlich. Ganz und rein gar nicht.

Frische Luft macht hungrig

Beinahe wären aus Daka und Silvania Tepes Porci-Probas geworden. Herr Tepes hatte nach seinem rätselhaften Erscheinen am Spielfeldrand drei Monate lang Stadionverbot erteilt bekommen. Dafür hatte er sich überschwänglich bedankt. Er hatte sich fest vorgenommen, nach dem Fußballspiel in der Praxis von Frau Dr. Gerlinde Zunder anzurufen und einen Termin für seine Töchter auszumachen. Was Herr Tepes allerdings nicht wusste, war ...

Erstens, dass Dr. Gerlinde Zunder am Wochenende nicht arbeitete und ihre Praxis geschlossen war wie die meisten Arztpraxen in Deutschland und ...

Zweitens, dass das Gehirn seiner Frau dagegen auf Hochtouren arbeitete, egal ob Wochenende oder nicht, und sich Elvira Tepes auf der Heimfahrt bereits all die Fragen zurechtlegte, die sie ihrem Mann zu seinem Geflopse im Fußballstadion stellen wollte.

Da El Virus, wie Mihai Tepes seine Frau nannte, wenn sie wütend war, sehr aufbrausend und hartnäckig sein konnte, dauerte die Standpauke zum Geflopse im Stadion eine ganze Weile. Elvira Tepes redete von Verantwortung, Vorbildwirkung, Lebensgefahr und Leichtsinn. Mihai Tepes redete von Stolz, Hilfsbereitschaft, Tapferkeit und Einfallsreichtum.

Als Elvira hörte, was Ludo vorhergesehen hatte und dass ihr Mann somit dem FC Bindburg zum Sieg verholfen und Opa Gustav vor der Einlieferung ins Krankenhaus bewahrt hatte, verflüchtigte sich ihre Wut alsbald. Mihai und Elvira Tepes versöhnten sich. Da sie beide Versöhnungen liebten und ausgiebig genossen, kümmerten sie sich an dem Abend nicht weiter um ihre Töchter, sondern nur umeinander. Das, fand Elvira, musste auch mal sein. Mihai fand, es könnte noch öfter sein.

So kam es, dass Daka und Silvania an dem Abend alleine auf der Terrasse saßen. Das heißt, Daka saß. Silvania hing kopfüber an der Dachrinne. Ihre rotbraunen Haare wehten im Abendwind.

Dirk van Kombast saß ebenfalls auf seiner Terrasse. Wenn er sich aufgrund seines Gesundheitszustandes schon nicht an frischer Luft bewegen konnte, wollte er wenigstens an frischer Luft lesen. Er hielt ein dickes Buch in der Hand. Er hatte sich vorgenommen, jeden Tag 30 Seiten zu lesen. Er hatte sich ausgerechnet, dass er bei dem Tempo ungefähr 55 Bücher im Jahr lesen konnte. Der Gehirnjogging-Trainer der Gesundheitszeitschrift, die Dirk van Kombast abonniert hatte, empfahl, mindestens 25 Bücher im Jahr zu lesen. Dirk van Kombast würde doppelt so viel lesen. Er würde ein Leistungsleser sein.

Hin und wieder blickte Dirk van Kombast auf und schielte zur Nachbarterrasse. Er wunderte sich nicht, dass eine der Töchter an der Dachrinne hing. Er hatte schon viel wunderlichere Dinge bei den

Nachbarn gesehen. Solange sie ihn in Frieden genesen ließen, würde er sie nicht ansprechen. Es schien ihm am klügsten, einen Sicherheitsabstand zu wahren, bis er wieder bei vollen Kräften war. Dirk van Kombast nahm das Lesezeichen mit der goldgelben Kordel aus dem Buch und begann zu lesen.

Silvania Tepes hing an der Dachrinne und dachte nach. Alle paar Sekunden schüttelte sie den Kopf. Immer dann, wenn sie an Jacob dachte. Beinahe hätte sie ihren Nachhilfelehrer ausgesaugt. Wie konnte das passieren? Nie im Leben würde sie auf die Idee kommen, jemanden zu beißen. Aber genau das war das Problem: Es war keine Idee gewesen, sondern ein Impuls, ein Drang. Eine tödliche Begierde. Es war etwas, was sie nicht kontrollieren konnte. Es war etwas, was ihr Angst machte.

Daka lag im Liegestuhl. Mit den Fingern trommelte sie ein Lied von *Krypton Krax* auf die Stuhllehnen. Doch sie konnte sich nicht auf den Rhythmus konzentrieren. Sie musste reden. Endlich reden über all die unheimlichen Sachen, die mit ihr vor sich gingen. Lange hatte sie darüber nachgedacht. Lange hatte sie alles für sich behalten. Was mit ihr passierte, war einfach zu gespenstisch. Sie war froh, dass ihre Schwester über ihr hing und sie ihr nicht in die Augen sehen musste. Daka holte tief Luft und sagte: „Ich bin krank."

Silvania machte von oben „hm".

„Ich habe nachgedacht und genau fünf Anzeichen gezählt", fuhr Daka fort. Sie streckte eine Hand mit erhobenem Daumen aus. „Erstens, meine Eckzähne.

Sie sind seit einer Woche nicht mehr gewachsen. Sie sind winzig und sehen wie ein rund gelutschtes Bonbon aus.“ Daka fuhr sich mit der Zunge über die Eckzähne und verzog das Gesicht. Jeder Vampirmilchzahn war größer und spitzer! Mit diesen Eckzähnen konnte sie ja noch nicht einmal ein Hackfleischbällchen aufspießen, geschweige denn eine Fliege. Obwohl … so richtig Appetit auf Fliege hatte sie schon seit ein paar Tagen nicht mehr gehabt.

„Hm“, brummte Silvania.

Daka streckte den Zeigefinger aus. „Zweitens, meine Wangen. Guck dir das an! Total rosarot. Wie Rotbäckchen. W-i-d-e-r-l-i-c-h!“

Silvania machte ein undefinierbares Geräusch.

„Drittens“, sagte Daka und streckte den Mittelfinger aus, „mein Spiegelbild. Ich, Dakaria Tepes, habe ein Spiegelbild! Kannst du das glauben?“ Daka fuhr sich verzweifelt über das Gesicht. Ihr Spiegelbild war immer blass und verschwommen gewesen. Wie es sich für einen Halbvampir gehörte. Doch jetzt war ihr Spiegelbild deutlich und klar. So klar, dass Daka einen Pickel auf ihrer Stirn erkennen konnte. Sie hatte schon immer gewusst, dass ein verschwommenes Spiegelbild seine Vorteile hatte.

Silvania machte: „Hmpf.“

„Viertens …“ Daka zögerte. Ihr Mund war auf einmal ganz trocken. „Ich kann … ich kann … ich kann nicht mehr fliegen und flopsen“, sagte sie leise.

Silvania grunzte.

„Nein, wirklich. Ich habe es mehrmals versucht,

glaub mir. Ich habe mich sogar von der Sprossenwand gestürzt. Es geht nicht mehr. Es ist, als ... als würde der Erdmagnetismus auf einmal stärker auf mich wirken. Oder meinst du, ich habe einfach nur zugenommen?"

„Hm...", machte Silvania.

Daka wusste nicht, ob Silvania damit „Hm, kann schon sein" oder „Hm, glaub ich nicht" meinte. Sie entschied sich für Letzteres und fuhr fort: „Und fünftens: das Essen."

Von der Dachrinne war ein Knurren zu hören.

„Ich kann mir überhaupt nicht erklären, woher das kommt, aber auf einmal habe ich totalen Appetit auf Knoblauch, Rettich und ... und B-ä-r-l-a-u-c-h. Bei dem Gedanken an rohes Fleisch dagegen wird mir ..." Daka spürte, wie etwas Feuchtes auf ihren Arm tropfte und herunterlief. Sie sah nach oben. Das Gesicht ihrer Schwester war nur wenige Zentimeter entfernt. Ihr Mund war leicht geöffnet. Von den langen, messerspitzen Eckzähnen tropfte Speichel. Silvanias Augen funkelten grün, eindringlich und gierig. Silvania sah nicht mehr aus wie ihre Schwester, fand Daka, sondern wie ein Raubtier. Ein Raubtier, das eiskalt tötete. Daka spürte einen Schauder, als prasselten Hagelkörner auf ihre bloße Haut.

„... wird mir schlecht", sagte sie.

Im nächsten Moment schoss Silvania auf sie hinab. Sie riss den Mund auf und warf sich auf Daka. Der Liegestuhl klappte unter dem Gewicht der Schwestern zusammen. Daka schrie. In letzter Sekunde riss sie den Kopf zur Seite. Silvanias Zähne bohrten sich in den Liegestuhlbezug.

Dakas Herz schlug wie ein Presslufthammer. Sie wusste, dass ihre Schwester jede Sekunde wieder zubeißen würde. Sie konnte es kaum glauben und erst recht nicht verstehen. Daka hatte Angst. Angst, von ihrer eigenen Schwester ausgesaugt zu werden.

Silvania hatte ihre Eckzähne aus dem Liegestuhlbezug befreit. Sie riss den Mund auf und setzte zum zweiten Biss an.

Daka musste handeln. Rapedadi. Sie konnte ihre Schwester nicht wegstoßen. Dazu war Daka zu schwach und Silvania mit ihren beängstigenden Kräften zu stark. Sie konnte nicht mit ihrer Schwester reden. Silvania hatte sich in eine Bestie verwandelt. Daka konnte auch nicht um Hilfe schreien. Jede Hilfe käme zu spät.

Auf einmal setzte sich eine dicke Schmeißfliege auf Silvanias Wange. Daka holte weit aus und gab Silvania eine kräftige Ohrfeige. Die Schmeißfliege klebte an Dakas Handfläche. Schnell stopfte Daka ihrer Schwester die Fliege in den Mund.

Silvania sah ihre Schwester entsetzt an.

„Essen“, befahl Daka.

Silvania schluckte. Es knirschte.

Daka sah, wie sich die Gesichtszüge ihrer Schwester entspannten. Die Augen funkelten noch immer grün, aber nicht mehr gierig. Daka erkannte ihre Schwester wieder. Das Raubtier war verschwunden. Silvanias Körper nicht. Daka räkelte sich unter dem Gewicht ihrer Schwester.

„Oh, Verzeihung“, sagte Silvania und rollte von ihrer Schwester herunter auf die Terrasse. Sie wirkte geschockt, beschämt und betrübt.

Daka atmete aus. Nur ihr großer Zeh zitterte noch.

Dirk van Kombast steckte langsam das Lesezeichen mit der goldgelben Kordel zwischen die Seiten und schlug das Buch zu. Er hatte keine einzige Seite gelesen. Noch nicht einmal einen ganzen Satz. Er starrte hinüber zur Nachbarterrasse. Wie sollte er in Ruhe lesen, wenn sich die Mitglieder der Nachbarsfamilie gerade gegenseitig umbrachten? Allerdings, überlegte er und zog einen Mundwinkel hoch, hätte es einen Vorteil: Wären sie dabei erfolgreich, würden sie ihm einen Haufen Arbeit abnehmen. Jeder Vampir oder Halbvampir, den er nicht mehr jagen musste, war ein guter Vampir.

Stimmung im Keller

Silvania saß auf dem Sarg ihres Vaters und öffnete die dritte Blutampulle. „Bitte, setz dich doch neben mich. Ich tu dir ganz bestimmt nichts mehr“, sagte sie zu Daka, die drei Schritte Abstand hielt.

„Erst, wenn du die Ampulle getrunken hast.“

Silvania leerte die Ampulle mit einem Zug. Ein kleines Blutrinnsal floss ihr vom Mundwinkel zum Kinn. Sie rülpste. „Verzeihung.“

„Schnappobyx“, sagte Daka. Das hieß „Prost“.

„Daka. Es tut mir furchtbar schrecklich unendlich leid. Bitte, bitte, bitte verzeih mir. Ich weiß selbst nicht, was in mich gefahren ist. Ich war einfach hungrig und habe überhaupt nicht mehr nachgedacht und ... und ...“ Silvania hatte Tränen in den Augen.

„Ich weiß“, sagte Daka leise. „Es war die tödliche Begierde.“

Silvania nickte. Sie sah ihre Schwester bekümmert an.

Daka ging langsam zu Silvania hinüber und hüpfte auf den Sarg. „Immerhin. Hüpfen geht noch.“

Vorsichtig legte Silvania ihrer Schwester den Arm um die Schulter. Im ersten Moment zuckte Daka zusammen. Doch nach ein paar Sekunden entspannte sie sich. Sie legte ihre Hand auf Silvanias Oberschenkel. Die Minuten verstrichen und die Schwestern saßen schweigend im Keller auf dem Sarg. Nur eine Kerze brannte.

„Ali Bin Schick hatte recht“, sagte Silvania schließlich. „In mein Leben sind wirklich beängstigende Kräfte, tödliche Begierde und schlaflose Nächte getreten.“

„Und bei mir gab es jede Menge Turbulenzen, gefährliche Situationen und Schmerzen hatte ich auch.“ Daka zeigte ihrer Schwester die blauen Flecken, die sie sich bei ihren Flugversuchen in der Turnhalle geholt hatte. Silvania spuckte dreimal darauf. Daka fand, sie waren gleich nicht mehr ganz so blau.

„Ein guter Wahrsager ist er also schon“, meinte Silvania. „Aber bei den Wünschen, da lässt er zu wünschen übrig. Oder hat sich deiner schon erfüllt?“

„Von wegen.“ Daka schüttelte den Kopf. Plötzlich hielt sie inne. Langsam drehte sie den Kopf zu ihrer Schwester und sah sie mit großen Augen an.

„Was ist?“

„Unsere Wünsche!“

„Was ist damit?“ Silvania runzelte die Stirn.

Daka sprang vom Sarg. Sie lief mit großen Schritten von einer Kellerseite zur anderen. „Na, überleg doch mal. Du fliegst und flopst auf einmal wie Tante Karpa in ihrer Jugend, deine Eckzähne wachsen wie verrückt, du bist blasser als ein Schneemann, fällst beim Geruch von Knoblauch in Ohnmacht, zerstörst Schuleigentum und willst deinen Nachhilfelehrer und deine eigene Schwester aussaugen." Daka blieb vor ihrer Schwester stehen. „Was sagt uns das?"

Silvania zog die Schultern hoch und schielte nach rechts und links. „Dass ich guten Geschmack habe?"

Daka schüttelte den Kopf. „Das sagt uns, dass du ein Vampir geworden bist ..."

„WAS!?!" Silvania fiel beinahe vom Sarg.

„... und ich ein Mensch."

„Du? Ein Mensch?" Silvania sah ihre Schwester mit großen Augen an.

„Klar. Wieso kann ich nicht mehr fliegen und flopsen? Wieso wachsen meine Eckzähne nicht mehr? Wieso willst du sonst mein Blut saugen?"

Silvania schluckte. Sie, ein Vampir? Allerdings würde das so einiges erklären. „Aber ... aber ich will kein Vampir sein."

„Na, denkst du etwa, ich will ein Mensch sein?" Daka verschränkte die Arme. Menschsein war das Langweiligste, was sie sich vorstellen konnte.

Nein. Silvania wusste, dass Daka nie im Leben ein Mensch sein wollte. Daka wollte immer ein echter Vampir sein. Und Silvania immer ein echter Mensch. Auf einmal verstand Silvania, was ihre Schwester meinte. Die Wünsche. „Ali Bin Schick muss unsere Wünsche vertauscht haben."

„Ganz genau."

Silvania schlug sich die Hände vors Gesicht. „Jetzt bin ich ein Vampir. Mein ganzes Leben lang." Und jeder weiß, dass ein Vampirleben sehr lang sein kann.

Daka biss sich mit ihren rund gelutschten Eckzähnen angestrengt auf der Lippe herum. Sie wollte ihr Leben nicht als Mensch fristen. Und sie wollte nicht, dass ihre Schwester ein ganzes, langes Vampirleben unglücklich war. „Gumox“, sagte sie bestimmt. „Wir gehen morgen auf den Jahrmarkt zu Ali Bin Schick und erstatten Reklamation. Das ist alles schließlich seine Schuld. Er hat zwar gesagt, dass man Wünsche nicht rückgängig machen kann, aber reklamieren kann man sie auf jeden Fall.“

Silvania sah ihre Schwester zweifelnd an. Sie hatte zwar nicht wie Ludo die Gabe, in die Zukunft zu sehen, aber sie hatte dennoch eine schlechte Vorahnung. Meistens hatte sie mit ihren Vorahnungen recht.

Die Reklamation

Die Sonne war vor wenigen Stunden über Bindburg aufgegangen. Die Tauben auf dem Dach des Rathauses putzten ihr Gefieder. Auf der Haupteinkaufsstraße fuhr eine Kehrmaschine. Aus den Bäckerläden strömten warmes Licht und köstliche Gerüche. Menschen eilten mit verschlafenen Gesichtern und prall gefüllten Bäckertüten durch die Stadt. Auf dem Jahrmarkt öffnete Waffelwerner gerade seine Bude. Er ließ seinen Blick über den menschenleeren Jahrmarktsplatz schweifen. Seine Konkurrenz, die *Heiße Mizzi*, schlief offenbar noch. Pistolen-Paule stemmte gerade den Bretterverschlag von seinem Schießstand auf. Beim *Star Express* schloss Ottmar Schlotzer das Kassenhäuschen auf. Gesine Schlotzer war seit ein paar Tagen verschwunden. Noch nicht einmal ihr Kreuzworträtselheft hatte sie zurückgelassen. Waffelwerner sah traurig zum Kassenhäuschen, in das sich Ottmar Schlotzer gerade hineinzwängte. Er hätte Gesine gerne einmal auf eine Waffel eingeladen. Nun war sie weg. Samt Strickjacke und Kreuzworträtselheft.

Waffelwerner wollte sich gerade seinem Waffeleisen zuwenden, als er den Kies knirschen hörte und vier Gestalten über den Jahrmarktsplatz eilen sah. Es waren drei Mädchen und ein Junge. Ein Mädchen hatte lange blonde Haare, das andere eine schwarze

Stachelhaarfrisur und das dritte rotbraune Haare, die unter einem grauen spitzen Hut hervorquollen. Der Junge hatte halblange dunkle Haare und konnte kaum mit den Mädchen Schritt halten.

Waffelwerner war sich sicher, dass er die Kinder schon einmal irgendwo gesehen hatte. Waren sie Fernsehstars und spielten in einer Soap mit? Oder zählten sie zu den Scharen von Neffen und Nichten des Geisterbahnbetreibers? Waffelwerner kratzte sich am Kopf. Er runzelte die Stirn. Er wusste es nicht. Nachdenklich sah er den Kindern nach, die mit schnellen Schritten auf das *Orakulum Spektakulum* zugingen.

Silvania, Daka, Helene und Ludo traten durch den mittleren, sandsteinfarbenen Bogen, der den Eingang des *Orakulum Spektakulum* bildete.

„Vielleicht ist Ali Bin Schick noch gar nicht wach", sagte Ludo und unterdrückte ein Gähnen. Die Zwillinge hatten ihn, genau wie Helene, mit einer Brieffledermaus aus dem Bett geholt. Sie hatten beschlossen, dass es in ihrem verwunschenen Zustand besser war, mit Begleitung auf den Jahrmarkt zu gehen und die Reklamation vorzubringen. Außerdem konnten sie Silvania zu dritt vielleicht unter Kontrolle bekommen, sollte sie trotz des blutreichen Frühstücks eine Heißhungerattacke überkommen.

„Gumox", meinte Daka. „Jemand, der Weissagungen und Wünsche anbietet, muss rund um die Uhr geöffnet haben."

„Außerdem brennt doch Licht", sagte Silvania,

schob den orangegelben Vorhang aus Glitzersteinen zur Seite und betrat den Raum, in dem sie Ali Bin Schick vor ein paar Tagen ihre Wünsche anvertraut hatten. Was, wie sie jetzt wussten, ein fataler Fehler gewesen war.

Noch immer lag ein schwerer, süßlicher Geruch in der Luft. Die leise, fremdländische Musik, die sie damals empfangen hatte, war jedoch verklungen. Die vier Freunde betraten den weichen, orientalischen Teppich und sahen sich um. Die vielen Kissen, die damals auf dem Teppich verstreut lagen, waren jetzt ordentlich in einer Ecke gestapelt. Der ausgestopfte Tiger war verschwunden.

Vor dem weißen Vorhang am hinteren Ende des Raums saß ein kleiner, schlanker Mann mit einer Brille. Er hatte einen schwarzen Ordner auf den Knien und fuhr mit einem Stift eine Reihe von Zahlen entlang. Daka stieß mit einem Haarstachel an ein Mobile, das daraufhin zu klimpern anfing. Der Mann blickte auf. „Wir haben noch geschlossen. Weissagungen und Wünsche gibt es erst ab 10 Uhr." Der Mann wandte sich wieder den Zahlenreihen zu.

Die vier Freunde sahen sich fragend an. Daka räusperte sich. „Wir wollen keine Weissagungen und Wünsche. Wir sind hier, weil wir eine Reklamation vorzubringen haben."

Der Mann blickte auf und ließ den Stift sinken. „Eine Reklamation?"

Die vier Freunde sahen den Mann an und nickten.

„Was denn für eine Reklamation? Bei mir? Das hat es noch nie gegeben. In 25 Jahren hat es das noch nie gegeben!“ Der Mann war aufgestanden und auf die vier Freunde zugelaufen.

„Wir wollen zwei Wünsche reklamieren“, erklärte Silvania.

„Wünsche? So, so“, sagte der Mann und kniff sich ins Kinn. „Nicht in Erfüllung gegangen, was?“

„Doch. In Erfüllung gegangen sind sie schon. Aber verkehrt herum“, sagte Daka.

Der Mann legte den Kopf schief und runzelte die Stirn.

„Der Wunsch meiner Schwester Daka ist bei mir in Erfüllung gegangen und mein Wunsch bei ihr“, erklärte Silvania.

Der Mann musterte die Schwestern einen Moment. „Also du wolltest eine Frisur wie ein Seeigel“, sagte er zu Silvania, „und du eine graue Zipfelmütze“, sagte er zu Daka.

Daka verdrehte die Augen.

Ludo und Helene warfen sich einen betretenen Blick zu.

„So ungefähr“, sagte Silvania schnell. „Aber die Wünsche wurden verwechselt.“

„Verstehe“, sagte der Mann, der in Wirklichkeit gerade noch weniger verstand als bei seinen Zahlenreihen.

„Und deswegen müssen wir sofort mit Ihrem Kollegen sprechen“, sagte Helene.

„Mit welchem Kollegen?“, fragte der Mann und sah sich um.

„Mit Ali Bin Schick“, sagte Ludo.

Der Mann sah die vier Freunde fragend an.

Daka beschrieb mit den Armen einen Kreis. „Er ist etwas rundlich.“

„Weite cremefarbene Hose und weißes Hemd“, fügte Silvania hinzu.

„Nackte Füße und rot lackierte Zehennägel“, sagte Daka.

Silvania deutete auf den Kopf. „Turban und Nickelbrille.“

Jetzt nickte der Mann. „Ja, ja, ja doch! Herr Bin Schick. Natürlich, wie konnte ich ihn vergessen!“

„Wir müssen mit ihm reden“, sagte Silvania.

„So schnell wie möglich“, sagte Daka.

„Wann fängt er hier an?“, fragte Helene.

Der Mann schüttelte langsam den Kopf. „Herr Bin Schick arbeitet nicht mehr bei mir.“

„Etwa, weil es so viele Reklamationen gab?“, fragte Daka.

„Nein. Reklamationen gab es keine. Seit 25 Jahren noch nicht. Herr Bin Schick war nur eine Aushilfskraft. Normalerweise bin ich höchstpersönlich für die Weissagungen und Wünsche zuständig. Leider hatte ich vor ein paar Tagen einen unaufschiebbaren Arzttermin. Rückenprobleme.“ Der Mann seufzte und fasste sich an den Rücken. „Zu oft in gebückter Haltung beim Handlesen.“

„Sie meinen Fußlesen“, warf Silvania ein.

Der Mann sah sie verwirrt an.

„Auf jeden Fall ist Herr Bin Schick dann für Sie eingesprungen“, sagte Helene schnell.

Der Mann nickte. „Er hatte sich auf einen Aushang hin gemeldet, den ich vorne an einen der Bögen angebracht hatte."

„Und wo ist er jetzt?", fragte Silvania.

„Der Aushang?"

„Nein!"

„Der Bogen?"

„Nein!" Silvania musste sich zusammenreißen, dass sie vor Ungeduld nicht anfing, sich durch den Raum zu flopsen. „Ali Bin Schick natürlich."

Der Mann zog die Schultern hoch. „Das weiß ich nicht."

„Aber bestimmt haben Sie seine Telefonnummer", sagte Ludo.

„Oder seine Adresse", sagte Helene.

„Äh ... nein." Der Mann kratzte sich hinter dem Ohr. „Ehrlich gesagt ... ich kenne noch nicht einmal seinen richtigen Namen. Er hat sich nur mit Künstlernamen vorgestellt."

Daka schlug sich mit der flachen Hand vor die Stirn, dass es laut klatschte.

Silvania stöhnte. „Und was machen wir jetzt?"

„Vielleicht können Sie ja die Wünsche rückgängig machen", sagte Helene.

Der Mann schüttelte sofort den Kopf und wehrte mit beiden Händen ab. „Für fehlerhafte Wunschverwirklichung meines Vertreters bin ich nicht zuständig. Da müsst ihr euch an Herrn Bin Schick persönlich wenden."

„Das würden wir ja gerne. Aber wo finden wir ihn?", fragte Daka.

Der Mann zuckte mit den Schultern. „Hier bei mir jedenfalls nicht." Er schlug die Hände zusammen und rieb die Handflächen aneinander. „So, und jetzt bitte ich euch, meinen magischen Tempel der Glücksfindung zu verlassen. Ich muss mich auf die erste Weissagung vorbereiten. Dazu brauche ich innere Ruhe, sphärische Klänge und einen Schluck Lapachotee."

Ludo schob die enttäuschten Mädchen nach draußen auf den Jahrmarktsplatz.

„Und jetzt?", sagte Silvania und schluchzte. „Muss ich mein ganzes Leben ein Vampir bleiben?"

„Besser, als dein ganzes Leben ein Mensch zu sein", meinte Daka.

„Na ja, sooo schlimm ist das auch nicht", murmelte Ludo.

„Ist es doch!" Daka stampfte mit dem Fuß auf.

„Wir müssen Ali Bin Schick finden", sagte Helene.

„Wie denn? Wir kennen nur seinen Künstlernamen, sonst wissen wir gar nichts über ihn", erwiderte Silvania.

„Ihr wisst noch viel mehr über ihn", sagte Helene. „Ihr wisst, wie er aussieht, oder?"

Daka und Silvania nickten.

„Ich könnte ein Phantombild zeichnen." Helene konnte nämlich nicht nur Monster, Spinnen und Würmer gut zeichnen.

„Ein Phantombild! Das ist die Idee!", rief Daka.

Ludo und Silvania nickten.

Ein paar Minuten später saßen die Freunde in Helenes Zimmer auf dem Fußboden. Helene wohnte in der Innenstadt. Ihr Papa, Herr Dr. Peter Steinbrück, hatte seine Zahnarztpraxis gleich unter der Wohnung. Unter der Praxis war der Klobrillenladen von Elvira Tepes. Doch da Sonntag war, hatten sowohl die Zahnarztpraxis als auch der Klobrillenladen geschlossen.

„Die Nase war noch runder." Daka zeigte auf die Nase, die Helene gerade zeichnete.

Helene setzte den Radiergummi an.

„Und die Lippen waren ungefähr so." Silvania machte einen Kussmund.

Helene zeichnete, während die Zwillinge den verschwundenen Wahrsager beschrieben. Helene musste viel radieren, ausbessern, wieder radieren und neu zeichnen. Doch nach einer Stunde blickte die Zwillinge Ali Bin Schick von dem Zeichenblatt an. Das Phantombild war fertig.

Silvania schrieb einen kleinen Text unter das Bild: *Verschwundener Wahrsager gesucht! Wir brauchen dringend seine Hilfe. Wer hat ihn gesehen oder kennt ihn? Tel.: 01700411 3478.*

Von der Reklamation schrieb Silvania nichts. Sie wollte Ali Bin Schick nicht gleich abschrecken.

Helene schlich sich mit dem Bild in die Praxis ihres Vaters, schaltete das Kopiergerät ein und machte vierzig Kopien. Wie gut, dass Herr Dr. Steinbrück an diesem Vormittag bei einer Zahntechnikerin zum Brunch eingeladen war und Helene sich ums Mitgehen gedrückt hatte.

Den restlichen Tag verbrachten die vier Freunde damit, die Kopien in der Stadt aufzuhängen. Die klebten sie an Litfaßsäulen, an Häuserwände, an Laternenmasten, an Bäume und mitten auf Fußwege. Irgendjemand musste über das Phantombild stolpern. Irgendjemand musste Ali Bin Schick kennen.

Oder?

Drei Anrufe

Bis zum nächsten Nachmittag erhielten Silvania und Daka drei Anrufe. Beim ersten Anruf meldete sich eine Frau und der Anruf verlief folgendermaßen:

Anruferin: „Ihr habt mich gerufen, hier erscheine ich."

Silvania: „Guten Tag."

Anruferin: „Oh, welch sonnengetränkte Stimme! Welch wohlgemute Schwingungen! Du bist ein Kind des Lebens!"

Silvania: „Und wer sind Sie?"

Anruferin: „Ich bin Juala Questica. Wahrsagerin, Kartenlegerin, Handleserin und Lebensberaterin."

Daka (etwas leiser aus dem Hintergrund): „Kann sie auch Fußlesen?"

Silvania: „Psst!" Räusper. „Verzeihung, Frau Questica."

Anruferin: „Nenn mich Juala, mein Sternenkind!"

Silvania: „Frau Juala, Sie kennen also den Mann auf unserem Phantombild?"

Anruferin: „Männer? Ich kenne sie alle!"

Silvania: „In welcher Beziehung stehen Sie zu ihm? Ist er ein Kollege von Ihnen?"

Anruferin: „Wer?"

Silvania: „Na, der Mann auf dem Phantombild."

Anruferin: „Wenn er ein Wahrsager ist, dann ist er wohl ein Kollege."

Silvania: „Also kennen Sie seinen richtigen Namen und seine Telefonnummer."

Anruferin: „Ich?! Nein. Woher denn? Ich kann zwar hellsehen, mein Sternenkind, aber doch keine Telefonnummer. Überhaupt, mit Zahlen habe ich es nicht so. Wenn du dagegen etwas über deine Gesundheit wissen mö..."

Silvania: „Wir wollen nur den richtigen Namen und die Telefonnummer des Mannes auf dem Phantombild erfahren."

Anruferin: „Ich dachte, ihr braucht die Hilfe einer Wahrsagerin."

Silvania: „Nein. Wir brauchen nur die Hilfe eines ganz bestimmten Wahrsagers."

Anruferin: „Ach."

Silvania: „Sie kennen den Mann auf dem Phantombild also nicht?"

Anruferin: „Ist das schlimm? Dafür kenne ich viele andere Männer."

Silvania: „Danke, aber wir suchen nur diesen einen Mann. Auf Wiederhören."

Der zweite Anruf kam von Oma Zezci. Sie rief von Jamaika an, wohin sie sich nach dem Tod ihres Mannes Gobol zurückgezogen hatte. Sie meldete sich mit einem fröhlichen „Tirili" und wollte wissen, wie es den beiden Halbvampiren unter all den Menschen erging, wie ihnen das blutarme Essen bekam und wie das Wetter war. Oma Zeczi wusste nicht, dass aus den Halbvampiren mittlerweile ein waschechter Vampir und ein Mensch geworden waren. Hätte sie es gewusst, hätte sie zur Freude über Silvanias Vampirwerdung gleich einen Bloody Larry getrunken und aus Trauer über Dakas Menschwerdung gleich noch einen.

Das war der zweite Anruf. Er war zwar erfreulicher, aber nicht erfolgreicher, was die Suche nach Ali Bin Schick betraf. Der dritte Anruf jedoch ließ neue Hoffnung in Silvania und Daka aufkommen. Eine ältere Dame meldete sich und sagte, sie würde den Mann auf dem Phantombild ganz sicher kennen. Mehr wollte sie jedoch nicht am Telefon verraten. Sie lud die Mädchen zu sich ein, um ihnen Fotos zu zeigen. Die Dame hieß Liselotte Schilbnic. Sie klang sehr nett. Silvania und Daka beschlossen, sie zusammen mit Helene und Ludo noch am gleichen Nachmittag zu besuchen.

Ludo hatte eine Vorahnung. Es war keine gute Vorahnung. Genau genommen, war es eine sehr finstere Vorahnung. Wie eine kalte Schlange war sie seinen Rücken hinaufgekrochen. Doch er sagte nichts. Zum einen sagte er grundsätzlich sehr selten etwas. Zum anderen waren Silvania und Daka so voller Hoffnung, endlich Ali Bin Schick auf die Spur zu kommen und endlich ihre Wünsche reklamieren zu können, dass er sie nicht ernüchtern wollte.

Der Mann ohne Nummer

Daka klopfte an die Tür, an der ein einfaches Namensschild „L. Schilbnic“ verkündete. Vor der Tür lag eine Fußmatte mit einem Schaf darauf, das in eine Sprechblase „Willkommen“ blökte. Wie der Eingang zu einer Wahrsagerwohnung, fand Daka, sah das schon einmal nicht aus. Aber Liselotte Schilbnic hatte am Telefon auch nicht gesagt, dass sie mit Ali Bin Schick zusammenwohnte. Nur, dass sie ihn kannte.

Silvania stand hinter ihrer Schwester. Sie hielt sich einen kleinen Fächer vor den Mund. Ihre Eckzähne wuchsen mittlerweile so schnell, dass sie mit der Dentiküre nicht mehr hinterherkam. Eigentlich hatte sie an die Tür klopfen wollen, doch dann war ihr in letzter Sekunde eingefallen, dass sie dabei womöglich die Tür einschlagen würde. Also hatte sie ihrer Schwester den Vortritt gelassen.

Damit sie sich weder Helene, Ludo, Daka noch sonst einem Menschen vor Heißhunger an den Hals warf, hatte sie sich von ihrem Papa drei Blutampullen geholt, der darüber sehr erfreut gewesen war. Endlich, meinte er, war seine Tochter auf den Geschmack gekommen. Er trank mit ihr gleich im Keller zusammen eine Blutampulle auf Ex. Schnappobyx! Die anderen beiden Ampullen steckte Silvania für den Notfall ein. Erst, als Silvania und

Daka das Haus verlassen hatten, fiel Mihai Tepes ein, dass er für seine Töchter einen Termin bei Frau Dr. Gerlinde Zunder machen wollte. Er setzte sich auf seinen Sarg, gab einen Schuss Karpovka in eine Blutampulle und beschloss, dass die Sache mit dem Arzttermin bis morgen Zeit hatte. Seine Töchter waren gesund – das sah doch jeder Vampir! Mit diesem Gedanken ließ sich Herr Tepes in den Sarg gleiten und schloss den Deckel. Kurz darauf erklang ein leises Schnarchen.

Während Mihai Tepes also im Keller des letzten Reihenhauses im Lindenweg friedlich schlief, öffnete sich vor seinen Töchtern die Tür mit dem Namensschild „L. Schilbnic". Eine kleine, vollschlanke Frau mit graublonden Haaren und einer gold gerahmten Brille erschien. „Ah, da seid ihr ja."

Daka hielt das Phantombild hoch. „Wir kommen wegen des verschwundenen Wahrsagers."

Die Frau nickte mehrmals hintereinander. „Kommt herein." Sie führte die Besucher in ein Zimmer, das Wohnzimmer und Küche zugleich war. Die Küche war nur ein kleines Eck und auch das Wohnzimmer war nicht viel größer als das Zimmer der Zwillinge. Die Schrankwand war voller Bücher und Pokale. Auf der Fensterbank reihte sich ein Blumentopf an den nächsten.

Helene versuchte zu erkennen, was auf den Pokalen stand.

„Die sind alle vom Judo", sagte Liselotte Schilbnic. „Ist aber schon lange her." Sie deutete auf einen Tisch, um den drei Stühle standen. „Ich habe leider nicht genug Platz für alle. Ich wusste ja nicht, dass eine halbe Schulklasse anrückt." Frau Schilbnic holte ein dickes Fotoalbum aus einem Schrank. Sie legte es auf den Tisch und setzte sich. „So, dann will ich euch mal euren verschwundenen Wahrsager zeigen."

Silvania und Daka setzten sich neben Frau Schilbnic. Silvania wedelte vor Aufregung ununterbrochen mit dem Fächer. Daka zupfte an einer Haarsträhne.

Liselotte Schilbnic schlug eine Seite auf, in die sie vorher ein Lesezeichen gelegt hatte. Auf der Seite war ein großes Porträtfoto. Es war schwarz-weiß und zeigte einen Mann ungefähr Mitte dreißig. Der Mann hatte eine kleine, runde Nase, ein kleines Kinn, volle Lippen und schmale Augen, die schelmisch funkelten. Ein paar dunkle Strähnen fielen ihm in die Stirn.

Silvania vergaß vor Schreck, den Fächer hochzuhalten.

Daka blieb der Mund offen stehen. „Da...da... das ist er!"

Silvania, die sich wieder gefangen hatte und den Fächer wieder vor den Mund hielt, nickte. „Kein Zweifel. Es fehlt nur die Brille."

„Und der Turban", sagte Daka.

Silvania betrachtete das Foto genau. „Und vielleicht fehlen noch fünf oder zehn Jahre."

„Aber eins ist klar: Das ist Ali Bin Schick!" Daka nickte bestimmt.

„Das", sagte Liselotte Schilbnic und zeigte auf das Foto, „ist mein Bruder Kai."

„Ihr Bruder?“, rief Daka. „Das ist ja großartig! Dann wissen Sie bestimmt, wo wir ihn finden.“

„Ja!“, stimmte Silvania zu, die wie verrückt mit dem Fächer wedelte. „Sie müssen seine Adresse kennen oder seine Telefonnummer.“

Liselotte Schilbnic schüttelte kaum merklich den Kopf. „Mein Bruder hat keine Telefonnummer.“

Helene, Silvania und Daka sahen sich erstaunt an. Welcher Mensch hatte denn heutzutage keine Telefonnummer mehr? Die meisten hatten sogar zwei. Ganz wichtige Leute manchmal auch drei. Sogar im tiefsten Transsilvanien lösten die „Mobilnoi“, wie die Handys auf Vampwanisch hießen, die Brieffledermäuse zunehmend ab. Immer mehr Brieffledermäuse wurden arbeitslos oder bereits mit 15 Jahren in den Ruhestand geschickt. Den meisten machte das nichts aus. Sie schulten um und wurden Fluglotsen, Höhlenführer oder holten einfach ihren Winterschlaf nach.

Ludo allerdings wirkte von der Tatsache, dass Kai Schilbnic keine Telefonnummer hatte, nicht überrascht. Er blickte steif auf das Foto und verzog keine Miene.

„Aber … aber eine Adresse wird Ihr Bruder doch haben?“, sagte Silvania.

Liselotte Schilbnic schlug mit einem Mal das Fotoalbum zu und drehte sich zu ihren Besuchern um. „Jetzt erzählt ihr mir erst einmal genau, wo ihr diesen Schiri Bin Nick getroffen habt und wieso ihr ihn sucht.“

„Ali Bin Schick“, verbesserte sie Daka.

„Diesen Mann“, sagte Liselotte Schilbnic und zeigte auf das Phantombild, das Daka noch in der Hand hielt.

Silvania und Daka erzählten vom Jahrmarkt, vom *Orakulum Spektakulum*, vom ausgestopften Tiger, vom Fußlesen und von den Sehnsuchtsblüten. Sie erzählten von der weiten hellen Hose, dem verknoteten Hemd und vom Turban. Sie erzählten sogar von den lackierten Zehennägeln. Nur ihre Wünsche verrieten sie nicht.

Liselotte Schilbnic lauschte die ganze Zeit gespannt. Ab und zu schmunzelte sie. Ab und zu runzelte sie die Stirn. Und ab und zu wurden ihre wässrigen graublauen Augen ganz traurig.

„... und deshalb müssen wir ihn finden. Wir müssen die Wünsche reklamieren, verstehen Sie?“, schloss Silvania.

Frau Schilbnic nickte langsam. „Ja, das verstehe ich.“

„Dann geben Sie uns also die Adresse von Ihrem Bruder?“, fragte Daka.

„Es tut mir sehr leid, aber das kann ich nicht“, erwiderte Frau Schilbnic. Sie konnte den Mädchen dabei nicht in die Augen sehen.

Auch Ludo sah zu Boden.

„Aber ... aber wieso denn? Ist Ihr Bruder hauptberuflich vielleicht ... ein Geheimagent?“, fragte Daka.

Liselotte Schilbnic schüttelte den Kopf.

„Oder ein Weltenbummler?“, fragte Silvania.

Liselotte Schilbnic wiegte den Kopf.

„Oder eine sehr berühmte Persönlichkeit. Allerdings nicht so berühmt, dass wir ihn kennen“, überlegte Daka laut.

Liselotte Schilbnic faltete die Hände zusammen und seufzte. „Nein. Mein Bruder ist weder ein Geheimagent noch ein Weltenbummler noch eine sehr berühmte Persönlichkeit.“ Frau Schilbnic hielt kurz inne. Sie holte Luft und sagte: „Mein Bruder ist tot.“

Eine geschlagene Minute blieb es in der kleinen Wohnung still wie in einem Grab. Keiner bewegte sich. Keiner sagte ein Wort. Man hörte nur aus der Küche den Wasserhahn tropfen.

Silvania hielt noch immer den Fächer in der Hand und sah aus wie eine Wachsfigur aus dem Kabinett der Madame Tussauds. Daka stand der Mund offen und ihre geschrumpften Eckzähne wurden kalt. Helene hielt sich an einer Stuhllehne fest. Auf beiden Armen hatte sie Gänsehaut. Ludo hatte die Hände in die Hosentaschen gesteckt und sah auf einen unbestimmten Fleck an der Wand. Schließlich nahm er die Hände langsam aus den Hosentaschen und räusperte sich. „Das tut uns leid, das mit Ihrem Bruder.“

Liselotte Schilbnic nickte. „Schon gut. Ist ja nun schon über zehn Jahre her.“

Silvania, die ihr Wachsfigurdasein mit einem Schaudern beendet hatte, fragte: „Aber wie kann das sein? Wir haben ihn doch gesehen!“

„Ja, er stand vor uns und hat sich bewegt. Er hat geredet und geatmet. Er war echt. Und er war ganz bestimmt der Mann, den Sie uns auf dem Foto gezeigt haben", sagte Daka.

„Ich kann mir vorstellen, wie unheimlich das für euch sein muss", sagte Frau Schilbnic. „Aber was meint ihr, wie es mir ging, als ich das Phantombild gesehen habe! Ich dachte, jemand erlaubt sich einen schlechten Scherz." Liselotte Schilbnic hielt inne, schüttelte den Kopf und fuhr dann leise fort: „Kai starb vor gut zehn Jahren bei einer Herzoperation. Ich war damals im Krankenhaus dabei. Wisst ihr, Kai und ich haben uns als Geschwister immer sehr gut verstanden. Da wir beide keinen Partner hatten, kümmerten wir uns umeinander. Ich vermisse ihn sehr." Liselotte Schilbnic sah einen Moment auf einen unbestimmten Punkt und lächelte. „Aber was euren verschwundenen Wahrsager betrifft – es tut mir leid, da kann ich euch nicht weiterhelfen. Wahrscheinlich ist es nur ein Mann, der meinem Bruder sehr ähnlich sieht."

„Vielleicht ... vielleicht hat Kai einen Zwillingsbruder, von dem niemand etwas weiß", überlegte Silvania laut.

„Das halte ich für sehr unwahrscheinlich", sagte Liselotte Schilbnic und nahm wieder das Fotoalbum zur Hand. Sie blätterte durch die Seiten. Auf den meisten Fotos waren zwei Personen zu sehen. Sie und ihr Bruder. „Kai und ich waren Zwillinge. Ich habe noch nie von einem zweieiigen Zwilling gehört, der nebenbei noch ein eineiiges Geschwisterchen hat. Außerdem", sagte Frau Schilbnic und zog die Augenbrauen hoch, „... wäre mir vermutlich aufgefallen, wenn ich noch einen Bruder gehabt hätte."

Daka und Silvania nickten. Sie kannten sich mit zweieiigen Zwillingen bestens aus. „Etwas merkwürdig ist es allerdings schon." Frau Schilbnic nahm das Phantombild in die Hand und betrachtete es nachdenklich. „Vor allem, weil Kai sich als Kind für sein Leben gerne verkleidet und Dompteur, Zauberer oder Stuntman gespielt hat. Am liebsten aber hat er Wahrsager gespielt. Doch das ist vermutlich auch nur ein Zufall."

Ludo zog eine Augenbraue nach oben.

Silvania wurde hellhörig. Sie glaubte nicht an Zufall. Nur an Schicksal. Ihre Romane waren voller schicksalhafter Begegnungen, schicksalhafter Wendungen und schicksalhafter Liebesschwüre. Allerdings lebten die Figuren in den Romanen meistens noch. Waren sie tot, dann war ihr Schicksal besiegelt.

Liselotte Schilbnic reichte Daka das Phantombild zurück und lächelte. „Ich hoffe, ihr findet euren verschwundenen Wahrsager und er kann eure Wünsche rückgängig machen."

„Danke", sagte Daka, faltete das Phantombild zusammen und steckte es in die Tasche. Sie machte dabei ein Gesicht, als hätte sich gerade vor ihrer Nase eine Seekuh auf die letzte freie Rettungsboje gesetzt.

Kai Schilbnic war tot. Aber wo war Ali Bin Schick?

Kaum hatten die vier Freunde den Wohnblock von Frau Schilbnic verlassen (Silvania konnte es sich nicht verkneifen, die letzten drei Stufen bis zum Ausgang zu flopsen), zog Ludo sie in eine Hofeinfahrt.

„Was ist los?", fragte Daka verwirrt.

„Psst!", machte Ludo. Er sah sich nach allen Seiten um. Die vier Freunde steckten die Köpfe zusammen. Wenn Ludo etwas zu sagen hatte, war es meistens wichtig.

„Hast du vorausgesehen, wo wir Ali Bin Schick finden?", fragte Silvania.

Ludo schüttelte den Kopf. „Wir haben ihn schon gefunden."

Helene, Daka und Silvania sahen sich nach allen Seiten um.

„Wo?", fragte Helene.

„Überlegt doch mal: A-L-I B-I-N S-C-H-I-C-K. Das ist ein Anagramm von ...?" Ludo blickte die Mädchen auffordernd an.

„Anna wer?", fragte Daka.

„Anna was?", fragte Silvania.

„Anna wie?", fragte Helene.

„Ein Anagramm ist, wenn man die Buchstaben eines Wortes so umstellt, dass ein neues Wort entsteht. Zum Beispiel kann man mit den Buchstaben des Wortes ‚Chaos' auch ‚Ach so!' bilden", erklärte Ludo.

Daka nickte langsam. „Oder man kann aus ‚Sarg' auch ‚Gras' machen."

„Genau." Ludo nickte.

„Und Ali Bin Schick steht dann für …“, überlegte Silvania laut. „… bin Lisa Chick?“ Sie sah die anderen verwirrt an. Wer war Lisa Chick?

Ludo schüttelte den Kopf. Er gab es auf. „Ali Bin Schick ist ein Anagramm von Kai Schilbnic.“

Helene, Silvania und Daka gingen die Buchstaben in Gedanken durch. Es stimmte. „Aber Kai Schilbnic ist tot!“, sagte Helene.

„Er kann nicht der Wahrsager gewesen sein“, sagte Daka.

Ludo wiegte den Kopf. Er hatte wieder seinen Strudelblick. Der hatte nichts mit Apfelstrudel zu tun. Nein, seine ockerfarbenen Augen wirkten unendlich tief und man hatte das Gefühl, von ihnen wie von einem Strudel in den Abgrund gezogen zu werden. „Manche Tote sind unruhig. Sie zieht es immer wieder auf die Erde“, sagte er leise.

Die drei Mädchen warfen sich vielsagende Blicke zu. Ludo hatte ihnen gesagt, dass er mit Toten reden konnte und ihn die unruhigen Geister der Verstorbenen manchmal sogar um Rat und Hilfe baten. Aber so richtig ernst hatten das die Mädchen nie genommen. Bisher hatten sie noch nie einen von Ludos toten Freunden gesehen. Sie gingen davon aus, dass Ludo die Geistererscheinungen nur erfunden hatte, um eine Erklärung für seine Selbstgespräche zu haben.

„Na schön“, sagte Silvania. „Wenn Ali Bin Schick tatsächlich der tote Kai Schilbnic ist, wieso können wir ihn dann sehen?“

„Die Toten entscheiden, wer sie sehen kann und

wer nicht. Die meisten bleiben lieber unsichtbar. Sie sehen nicht mehr so appetitlich aus. Aber Ali Bin Schick wollte, dass ihr ihn seht“, erklärte Ludo. „Ich könnte versuchen, mit ihm Kontakt aufzunehmen.“

„Du meinst, du kannst mit diesem Herrn Schilbnic reden? Mit Kai Schilbnic, der schon seit über zehn Jahren tot ist?“, fragte Helene zur Sicherheit noch einmal nach.

Ludo nickte.

Daka und Silvania sahen sich fragend an. Sie hatten noch nie jemanden getroffen, der mit Toten reden konnte. Aber das hieß nicht, dass es solche Menschen nicht gab, oder? Schließlich hatten Ludo und Helene auch noch nie zuvor einen Halbvampir getroffen. Geschweige denn einen echten Vampir. Und jetzt waren sie mit den Tepes-Zwillingen befreundet.

„Was ist? Soll ich es versuchen oder nicht?“, fragte Ludo.

Daka zuckte mit den Schultern. „Warum nicht? Was haben wir schon zu verlieren?“

Silvania nickte. „Wir haben keine andere Wahl.“

Helene strahlte vor Aufregung. „Einen Toten rufen. Das wird bestimmt klasse.“

Ludo zog eine Augenbraue hoch. „Na ja … also manche Geister werden auch mächtig sauer, wenn man sie weckt.“

Helene, Silvania und Daka sahen Ludo entsetzt an. Seit ihrem letzten Abenteuer auf dem Friedhof des Grauens mit dem Geist des größten Vampirjägers aller Zeiten hatten sie erst einmal genug von schlecht gelaunten Geistern.

Wobei ein schlecht gelaunter Ali Bin Schick besser war als gar keiner. Doch würde Kai Schilbnic überhaupt erscheinen?

Der Wolkentiger im Garten

Ludo saß in der hintersten Ecke seines Gartens im Schneidersitz auf dem Rasen. Der Garten der Familie Schwarzer war von hohen Bäumen und einer dichten Hecke umgeben. Frau Schwarzer hoffte, dass die Nachbarn so möglichst lange eine gute Meinung von ihnen behalten würden.

Vor Ludo lag das Phantombild von Ali Bin Schick. Ludo hatte beide Arme zur Seite ausgestreckt. In der einen Hand hielt er ein hart gekochtes Ei, in der anderen ein krummes Küchenmesser. Im Ei steckte ein Draht, der bis zum Küchenmesser reichte und über Ludos Kopf einen Bogen bildete.

„Wozu denn das Ei?“, flüsterte Daka, die zusammen mit Silvania und Helene neben Ludo hockte.

Ludo seufzte. Das war nun schon das dritte Mal, dass die Mädchen seine Zeremonie mit Fragen unterbrachen. „Das Ei ist ein Symbol für das Leben“, flüsterte er zurück.

Daka zog die Augenbrauen hoch und nickte.

Endlich kehrte Ruhe im Garten ein und Ludo konzentrierte sich wieder auf das Phantombild.

„Und wofür steht das Küchenmesser?“, fragte Silvania leise.

Ludo atmete lautstark aus. Er warf Silvania einen strengen Blick zu. Wie sollte er denn so arbeiten?! „Das Küchenmesser symbolisiert den Tod.“

„Aha“, sagte Silvania erstaunt. Wussten Millionen von Hausfrauen davon?

„Bist du dir sicher?“, fragte Helene.

Ludo ließ Ei und Messer sinken. „Na schön. Eigentlich bräuchte ich eine Sense. Da ich aber keine Sense gefunden habe, habe ich ein krummes Küchenmesser genommen.“

„Und du meinst, das geht auch?“, fragte Daka.

„Ich – weiß – es – nicht“, erwiderte Ludo. „Und wenn ihr mich dauernd unterbrecht, werde ich es nie herausfinden.“

„Oh“, machte Daka.

„Entschuldige“, sagte Silvania.

„Mach weiter. Wir sind ganz still“, beteuerte Helene.

Ludo hob das Ei und das Küchenmesser wieder hoch, blickte auf das Phantombild und atmete lautstark durch die Nase ein und durch den Mund wieder aus.

Helene, Silvania und Daka beobachteten ihn genau und atmeten unwillkürlich im Takt mit. Hätte Frau Schwarzer, Ludos Mutter, in dem Moment in den Garten gesehen, hätte sie vermutlich angenommen, ihr Sohn wäre Teil einer Yogagruppe. Sie wäre erleichtert gewesen, dass er endlich ein vernünftiges Hobby gefunden hätte. Nach einer Weile hätte sie sich vielleicht gefragt, wozu er dazu ihr Küchenmesser brauchte. Doch Frau Schwarzer guckte gerade nicht in den Garten. Sie war noch in der Werkstatt, in der sie arbeitete. Vielleicht war es besser so. Denn so sah sie auch nicht, was danach passierte.

Ludo hatte den Mund jetzt halb geschlossen und schnaufte durch die Nasenlöcher wie ein Pferd, das seine Nüstern blähte. Dabei murmelte er: „Ali Bin Schick. Kai Schilbnic. Ali Bin Schick. Kai Schilbnic." Das Ei und das Küchenmesser hielt er dabei gen Himmel. Seine Hände zitterten. Die Eierschale knackte. Der Draht über seinem Kopf vibrierte. Das Messer schlackerte.

Helene, Daka und Silvania hielten sich an den Händen und starrten mit offenen Mündern in den Himmel. Dort war eine kleine lilafarbene Wolke aufgetaucht. Direkt im Garten der Schwarzers. Direkt über Ludos Kopf. Die Wolke sah aus wie ein Tiger. Ein lilafarbener Tiger. Auf dem Rücken der Tigerwolke saß ein Mann. Er war klein, etwas rundlich, trug einen Turban und hatte eine Nickelbrille auf.

„Ali Bin Schick. Kai Schilbnic. Ali Bin Schick. Kai Schilbnic", murmelte Ludo vor sich hin.

„Psst!", machte Helene und zwickte Ludo. „Er ist schon da." Sie zeigte nach oben.

Ludo sah nach oben und ließ vor Schreck beinahe das Ei fallen.

Silvania und Daka starrten den Geist noch immer sprachlos an. Ludo hatte also nicht gelogen. Er konnte wirklich mit Toten Kontakt aufnehmen. Er führte gar keine Selbstgespräche.

Silvania kam ein unheimlicher Gedanke: Was, wenn alle Menschen, die Selbstgespräche führten, in Wirklichkeit mit Geistern redeten?

„Hallo, Herr Schilbnic ... oder Ali Bin Schick", begann Ludo mit zittriger Stimme. Ludo hatte schon mit vielen Toten geredet. Trotzdem krabbelte ihm immer wieder ein Schauder von der obersten Haarspitze bis zum großen Zeh und sein Mund wurde trocken wie ein Waschlappen in der Sonne. „Ich hoffe, ich habe Sie nicht gestört beim … äh … Totsein.“

„Ach was!“, erwiderte Ali Bin Schick. Seine Stimme klang seltsam blechern, wie aus einer Regentonne. „Ich liebe Ablenkung. Immer nur unter Toten sein – davon wird man ganz lebensmüde.“

„Tja, das weiß ich nicht, aber wenn Sie das sagen“, erwiderte Ludo.

„Wieso hast du mich gerufen?“, fragte Ali Bin Schick. „Bist du auch lebensmüde?“

Ludo überlegte einen Moment. „Eigentlich nicht“, sagte er. „Meine Freundinnen hier wollen Sie etwas fragen.“

Erst jetzt wanderte Ali Bin Schicks Blick zu den Mädchen. Als er Silvania und Daka sah, wanderten seine Augenbrauen nach oben. „Heidewitzka! Wir kennen uns doch!“

Daka und Silvania nickten. „Vom *Orakulum Spektakulum*“, sagte Silvania.

Ali Bin Schick schmunzelte. „Wollt euch bedanken, was?“

Daka und Silvania schüttelten heftig den Kopf. „Wir wollen reklamieren“, sagten sie gleichzeitig.

Ali Bin Schick zog die Augenbrauen hoch, dass sein Turban wackelte. „Reklamieren? Aber wieso denn? Sind die Wünsche nicht in Erfüllung gegangen?“

„Doch“, sagte Silvania. „Aber mein Wunsch ist bei Daka in Erfüllung gegangen und Dakas Wunsch bei mir.“

„Kann es sein, dass Sie unsere Sehnsuchtsblüten verwechselt und in das falsche Schüsselchen gelegt haben?“, fragte Daka.

Ali Bin Schick machte ein Gesicht, als hätte er plötzlich schreckliche Zahnschmerzen bekommen. „Heidewitzka! Die Sehnsuchtsblüten! Die Schüsselchen!“, jammerte er. Dann nickte er langsam und sah die Zwillinge mitfühlend an. „Es tut mir leid. So etwas kommt vor. Menschliches Versagen ... beziehungsweise geistiges.“

„Wir wollen die Wünsche reklamieren. Sie müssen sie rückgängig machen“, sagte Daka.

„Das geht nicht. Wünsche können nicht rückgängig gemacht werden“, sagte Ali Bin Schick.

„Sie meinen, wir müssen für immer so bleiben, wie wir jetzt sind?“ Silvania sah den Wahrsager entsetzt an. Sie hatte den Mund aufgerissen und ihre langen Eckzähne blitzten in der Nachmittagssonne.

Daka griff schnell nach der Hand ihrer Schwester. Sie hatte Angst, Silvania würde jeden Augenblick zu Ali Bin Schick fliegen und ihn von seinem lilafarbenen Wolkentiger schubsen.

Ihre Angst war sehr berechtigt.

„Ist es denn so schlimm?“ Ali Bin Schick sah die Schwestern ergriffen an. „Könnt ihr nicht mit dem Wunsch der anderen leben?“

Daka schüttelte vehement den Kopf. „Nici doi viati!“

„Lieber buddele ich mich für den Rest des Lebens in einem Sandkasten ein“, sagte Silvania.

Ali Bin Schick seufzte. Er kratzte sich hinter dem Ohr, dass sein Turban verrutschte. „Was machen wir denn da?“

Ludo räusperte sich. „Vielleicht ... könnte ich Ihnen einen Gefallen tun. Und Sie tun Silvania und Daka einen Gefallen. Sie können die Wünsche zwar nicht rückgängig machen, aber Daka und Silvania könnten sich etwas Neues wünschen.“

Ali Bin Schick sah Ludo erstaunt an. Er wusste nicht, dass Ludo sich mit Toten und Geistern auskannte. Er redete mit ihnen wie andere mit ihrem Postboten. Nicht so entspannt, aber so häufig.

„Einen Gefallen? So, so“, sagte Ali Bin Schick. Er kratzte sich am Kinn. Er wiegte den Kopf. Tatsächlich gab es etwas, was Ludo für ihn tun konnte. Es ging um einen Herzenswunsch. Es ging um seine Schwester. Bis jetzt hatte er den Wunsch nicht selber erfüllen können. Er hatte Angst, seine Schwester würde seine Handschrift erkennen und einen Herzinfarkt bekommen. Aber mit der Hilfe dieses Jungen war es vielleicht möglich. Ali Bin Schick nickte. „Einverstanden.“ Er lehnte sich zu Ludo und flüsterte ihm etwas ins Ohr.

Silvania, Daka und Helene beugten sich wie Bäume im Wind zu Ludo und versuchten, etwas zu verstehen. Doch so sehr sie ihre Ohren auch spitzten, sie bekamen kein einziges Wort mit.

Als Ali Bin Schick sich wieder aufrichtete, nickte Ludo. „Geht klar.“

„Sehr schön“, sagte Ali Bin Schick. „Und jetzt zu euch“, sagte er zu Silvania und Daka. Er formte aus den Ohren des lilafarbenen Wolkentigers zwei kleine Blüten und hielt sie den Zwillingen entgegen. „Legt ein Haar hinein und flüstert euren Wunsch. Aber ich rate euch …“

„Dass wir uns die Wünsche gut überlegen“, ergänzte Daka.

„Denn wenn sich ein Wunsch, den man einmal in eine Sehnsuchtsblüte geflüstert hat, mit seinem Haar vereint, kann er nicht mehr rückgängig gemacht werden.“

Ali Bin Schick nickte ernst.

Im Garten der Schwarzers wurde es ganz still. Sogar die Vögel verstummten. Ludo, Helene und Ali Bin Schick hatten ihre Augen auf die Zwillinge gerichtet.

Daka und Silvania legten gleichzeitig jeweils ein Haar behutsam in eine Blüte. Bevor sie ihren Wunsch in die Blüte flüsterten, sahen sie sich einen Moment bedeutungsvoll an.

Silvania musterte Dakas rosige Wangen.

Daka musterte Silvanias lange Eckzähne.

Kaum merklich nickten die Schwestern. Dann beugten sie sich über die Sehnsuchtsblüten. Beide schlossen die Augen, während sie flüsterten.

Helene, Ludo und Ali Bin Schick reckten die Hälse und spitzten die Ohren. Doch sie verstanden keine einzige Silbe.

Nachdem sich die Schwestern wieder aufgerichtet hatten, nahm Ali Bin Schick die Blüten an sich. Er verabschiedete sich, rief „Heidewitzka!“ und gab seinem lilafarbenen Wolkentiger die Sporen.

Helene, Silvania und Daka sahen Ali Bin Schick fasziniert nach.

Ludo nicht. Er betrachtete die Zwillinge nachdenklich. Hoffentlich, dachte er, haben sie sich dieses Mal das Richtige gewünscht.

Überraschung am Morgen

Der Kaffee war zu dünn. Aber er war warm. Liselotte Schilbnic umklammerte die Tasse mit beiden Händen und sah aus dem Wohnzimmerfenster. Es regnete. Schon den ganzen Morgen. Liselotte Schilbnic sah, wie die Regentropfen in der Pfütze auf dem Fensterbrett kleine Ringe bildeten. Sie dachte an einen verregneten Sommerurlaub vor 35 Jahren. Sie waren an der Ostsee zelten gewesen. Ihr Bruder, zwei Freunde und sie. Sie hatten in den Zelten gesessen, gelacht, gesungen und erzählt. Sie waren im Regen am Strand entlanggelaufen, hatten Burgen gebaut und eine revolutionäre Flaschenpost geschrieben. Es war ein herrlicher Urlaub. Sie waren jung gewesen.

Frau Schilbnic nahm einen Schluck Kaffee und seufzte. Mit einem Ruck drehte sie sich um, stellte die Kaffeetasse ab und schritt in den Flur. Sie war Rentnerin. Sie hatte viel zu tun. Sie wollte ins Kaufhaus, auf den Markt und zum Friseur. Am Nachmittag hatte sie einen Arzttermin und später war sie mit einer Freundin im Kunstpalais verabredet. Sie musste sich sputen, wollte sie noch alles schaffen.

Liselotte Schilbnic warf sich die blaue Übergangsjacke über, nahm ihre Handtasche und den Regenschirm und öffnete die Wohnungstür. Doch weiter kam sie nicht. Jäh hielt sie in ihrer Bewegung inne und starrte auf den Fußboden. Vor ihrer Wohnungstür, auf dem Abtreter mit dem blökenden Schaf, lag ein Blumenstrauß. Er war riesengroß und bestand aus Astern, Knöterich, Dahlien, aus langen Gräsern, Löwenzahn, Mohrrübengrün, Kohlrabiblättern und dünnen Ästen.

Frau Schilbnic ließ Schirm und Handtasche fallen, kniete sich hin und hob den Blumenstrauß mit beiden Händen auf. Sie steckte ihre Nase hinein und atmete tief ein. Herrlich! So einen Blumenstrauß hatte sie sich schon immer gewünscht. Da entdeckte sie, dass an einem der Ästchen eine kleine Karte hing. Behutsam löste sie das Kärtchen, faltete es auseinander und las:

Von einem fremden Verehrer für Liselotte Schilbnic!

Frau Schilbnic musste sich am Türrahmen anlehnen, so schwindlig wurde ihr. Sie sah einen Moment versonnen auf den Blumenstrauß, dann verschwamm alles vor ihren Augen. Mit dem Handrücken wischte sie sich die Tränen aus den Augenwinkeln. Liselotte Schilbnic weinte nicht, weil sie traurig war. Liselotte Schilbnic weinte vor Glück. Sie fühlte sich wie vor 35 Jahren an der Ostsee. Denn was sie sich noch mehr als einen riesengroßen Blumenstrauß gewünscht hatte, war ein riesengroßer Blumenstrauß von einem fremden Verehrer.

Sie schloss die Augen und flüsterte: „Danke!“

Hops und Flops

Dirk van Kombast schob die Gardine vorm Wohnzimmerfenster beiseite. Es regnete. Auf dem Bürgersteig, direkt vor seinem Haus, hatte sich eine Pfütze gebildet. Er würde sich bei der Stadtverwaltung beschweren. Dirk van Kombast wollte gerade zu seinem Sofa und seinem Buch zurückkehren – er musste die ungelesenen Seiten von gestern nachholen –, als er die Nachbarstöchter auf dem Gehweg entdeckte.

Silvania Tepes, die gestern noch über ihre Schwester hergefallen war, lächelte Dakaria Tepes an und fuhr sich dabei unentwegt mit der Zunge über die Zähne. Dirk van Kombast klebte beinahe mit der Nase an der Fensterscheibe. Er konnte an den Zähnen nichts Besonderes entdecken. Im Gegenteil. Sie kamen ihm sehr klein vor.

Die Zwillinge hatten die Pfütze erreicht. Auf einmal hob Dakaria Tepes vom Gehweg ab. Dirk van Kombast blinzelte einmal. Dakaria Tepes flog über die Pfütze. Dirk van Kombast blinzelte noch einmal. Silvania Tepes hatte sich bei Dakaria an ein Bein gehangen. Dirk van Kombast blinzelte ein drittes Mal. Die Schwestern setzten hinter der Pfütze auf. Sie lachten. So laut, dass es Dirk van Kombast bei geschlossenem Fenster hören konnte.

Dirk van Kombast sah den Mädchen mit offenem

Mund nach. Dann starrte er ein paar Minuten auf die Pfütze. Die Regentropfen fielen von oben nach unten. Sie bildeten Ringe in der Pfütze. Alles war, wie es sein sollte. Dann erinnerte sich Dirk van Kombast an den Gehirnjogging-Trainer. Er hatte noch einige Buchseiten vor sich. Er schob die Gardine zurück und ging zum Sofa. Um seine Nachbarn würde er sich später kümmern. Wenn sein Gehirn und sein Körper wieder in Höchstform waren. Es konnte nicht allzu lange dauern.

„ZENSATOI FUTZI!“, rief Daka und flopste sich zum Ende des Lindenwegs.

„Znicnak, znicnak“, murmelte Silvania und fuhr sich immer wieder über ihre Eckzähne. Sie waren rund. Kurz. Und wunderschön.

„Es hat funktioniert!“, rief Daka ihrer Schwester zu.

Silvania nickte. Daka war heute Morgen mit deutlich längeren Eckzähnen aufgewacht. Sie waren wieder spitz, wie Daka es gefiel. Ihre Wangen waren weiß wie Milchreis. Ihr Spiegelbild war verschwommen. Sie konnte keinen einzigen Pickel erkennen. Beim Frühstück hatte Daka am Kräuterfrischkäse ihrer Mama gerochen. Beinahe wäre sie in Ohnmacht gefallen. Daka war darüber sehr glücklich. Die Sache war eindeutig: Sie war kein Mensch mehr.

Silvania war nach dem Aufstehen sofort ins Bad gestürmt. Sie hatte wieder ein Spiegelbild. Dafür hatte sie keine langen Eckzähne mehr. Ihre Haut war blass, aber wie Grießpudding, nicht wie Schnee. Sie versuchte, mit der Handkante einen Katalog zu zerschlagen. Die Handkante tat weh. Der Katalog blieb ganz. Als Silvania zum Frühstück einen Schluck aus der Blutampulle von ihrem Papa nahm, wurde ihr schlecht. Darüber freute sie sich sehr. Der Fall war klar: Sie war kein Vampir mehr.

„Dieses Mal hat es Ali Bin Schick nicht vermasselt“, sagte Daka. Sie wollte ihrer Schwester den Arm um die Schulter legen. Doch Silvania machte schnell einen Schritt nach hinten. Daka sah sich überrascht um. „Was ist denn mit dir los?“

„Nichts.“ Silvanias Stimme zitterte leicht. „Mir ist nur gerade etwas eingefallen.“

„Hast du etwas vergessen?“

Silvania schüttelte den Kopf. „Hast du zum Frühstück genug Blut getrunken?“

Daka sah ihre Schwester mit großen Augen an. „Blut? Zum Frühstück? Das ist ja widerlich.“

„A…a…aber…“ Silvania runzelte die Stirn. „Du bist doch jetzt ein Vampir, oder? Ich meine, das hast du dir doch gewünscht.“

Daka zog eine Augenbraue hoch und grinste. „Gumox. Ich bin ein Halbvampir.“

Silvania riss die Augen auf. „Aber wieso denn das? Es war doch immer dein größter Wunsch, ein echter Vampir zu sein.“

Daka sah auf ihre Zehenspitzen und drehte den Fuß hin und her. „Stimmt schon. Aber ich habe ja bei dir gesehen, wie das ist. Das mit dem Fliegen und Flopsen und den Megakräften, das fand ich schon cool. Aber deine Heißhungerattacken ... Ich hätte Angst, dass ich eines Tages über meine Freunde herfalle." Daka blickte auf und fügte leise hinzu: „Oder über meine Schwester."

Silvania nickte. Sie wusste genau, was Daka meinte.

„Ich habe mir meinen Wunsch dieses Mal sehr gut überlegt", sagte Daka. „Wenn ich Halbvampir bin, kann ich fliegen und flopsen und trotzdem mit Menschen befreundet sein. Und weißt du, was ich mir dann gedacht habe?"

Silvania schüttelte den Kopf.

„Dass ich total bescheuert bin."

Silvania nickte.

„Denn wieso sollte ich etwas anderes sein, wenn ich doch Halbvampir bin?"

Silvania nickte abermals und dann ... FLOPS!, stand sie neben ihrer Schwester. „Genau das habe ich mir auch gedacht."

„Du kannst noch flopsen?" Daka sah ihre Schwester erstaunt an.

„Ja. Ich kann auch noch fliegen. Na ja, zumindest so wie immer."

„Das heißt, du bist gar kein Mensch?"

Silvania schüttelte den Kopf. „Ich bin ein Halbvampir. Genau wie du. Ich werde es immer bleiben. Und ich will es auch immer bleiben."

„Verstehe. Du hast eingesehen, dass Menschsein langweilig ist."

„Ich bin nun einmal, was ich bin." Silvania zuckte mit den Schultern. „Ich finde Menschsein nicht schlecht. Und Vampirsein auch nicht. Aber am allerbesten finde ich es, ein Halbvampir zu sein."

Die Schwestern legten den Arm umeinander und gaben sich eine Kopfnuss. „Das müssen wir unbedingt Papa erzählen", meinte Silvania.

„Das mit Ali Bin Schick, unseren Wünschen, Liselotte Schilbnic und Ludos Gartenzeremonie?", fragte Daka.

„Nein. Natürlich nur, dass wir stolz sind, Halbvampire zu sein."

„Da wird er ganz stolz auf uns sein", meinte Daka.

„Schlotz zoppo!", sagte Silvania. „Weißt du, was das bedeutet?"

Daka nickte.

Dann riefen die Schwestern gleichzeitig: „AUSFLUG!"

Adio zur guten Nacht

Die Nacht breitete ihren schwarzen Mantel über Bindburg aus. Die Regenwolken des Tages hatten sich verzogen. Es war sternenklar, kühl und ruhig. Hin und wieder bellte ein Hund. Ab und zu zischte ein Auto über die noch regennassen Straßen. Manche Einwohner tranken das letzte Bier an der Bar, manche saßen im Taxi auf dem Weg nach Hause, manche schliefen bereits tief und fest. Und andere flogen.

Liselotte Schilbnic flog nicht. Sie lag in ihrem Bett und träumte, ein großer, gut aussehender Unbekannter stieg aus der Ostsee und kam direkt auf sie zu. Auf dem Wohnzimmertisch stand der riesengroße Blumenstrauß in einer Vase. Auf dem Nachttisch lag das Kärtchen.

Ludo Schwarzer flog auch nicht. Er schlief auch nicht. Er lag mit Kopfhörern in seinem Bett und starrte an die Decke. Sein Opa hatte ihm die Kopfhörer geborgt. Sie waren mit einem Sender auf dem Dach verbunden. Laut Ludos Opa konnte man mit den Kopfhörern die Gespräche Außerirdischer belauschen. Ludos Opa sagte, das wäre höchst interessant. Ludo lauschte angestrengt. Er hörte nur ein Quietschen und Rauschen. Ab und zu noch ein hohes Fiepen. Vielleicht hatten sich die Außerirdischen heute nichts zu sagen. Bei seinen Eltern war es manchmal genauso. Ludo setzte die Kopfhörer ab und drehte sich auf die Seite. Er dachte an Liselotte Schilbnic. Ob sie sich über den Blumenstrauß gefreut hatte? Ludo war sich nicht sicher. Vielleicht hätte er die Kohlrabiblätter lieber weglassen sollen. Er drehte sich auf die andere Seite und dachte an die Zwillinge. Ob sie jetzt auch in ihren Betten lagen und nicht schlafen konnten? Und was machte Helene? Schlich sie vielleicht gerade auf einem Friedhof herum? Bei ihr wusste man nie.

Doch Helene Steinbrück lag in ihrem japanischen Bett und schlief bereits seit einer Stunde. Genau wie Elvira Tepes. Sie war so erleichtert, dass es ihren Töchtern offenbar wieder besser ging und die Pubertät entweder schon vorbei oder doch nicht angebrochen war, dass sie seit Tagen endlich wieder ohne Probleme eingeschlafen war. Sie träumte, dass sie auf dem Rücken ihres Mannes die Weltmeere überflog, während ihre Töchter sie wie zwei Engel flankierten.

Armin Schenkel stand mit einem GPS-Gerät in der Hand mitten im Wald an einer Weggabelung. Er hatte am späten Nachmittag das Reihenhaus Nummer 24 verlassen, sich von seiner Frau Janina mit einem Kuss, von seinem Sohn Linus mit einem Nasenstupser und von seinem Auto mit einem Klopfer auf die Motorhaube verabschiedet, um seine erste computergesteuerte Schnipseljagd anzugehen. Sein Chef hatte ihm von diesem modernen Spiel erzählt, bei dem man mithilfe eines GPS-Geräts einen Schatz suchte. Armin Schenkel mochte Spiele, GPS-Geräte und seinen Chef. Sicher würde sein Chef auch ihn mögen, wenn er ihm morgen von seiner ersten erfolgreichen GPS-Schatzsuche berichtete.

Doch bis jetzt konnte von Erfolg keine Rede sein. Armin Schenkel irrte seit Stunden umher. Erst im Wohnviertel, dann auf den angrenzenden Feldern und schließlich im Wäldchen. Er wollte um 20:15 Uhr zu Beginn der Quizshow, die er immer mit seiner Frau Janina ansah, zu Hause sein. Und jetzt war es schon seit Stunden dunkel. Aber er konnte doch nicht mit leeren Händen nach Hause zurückkehren! Er war doch kein Verlierer!

Armin Schenkel tippte auf dem GPS-Gerät herum. Er runzelte die Stirn. Er seufzte. Plötzlich hörte er ein Geräusch. Sofort wurde Armin Schenkel steif wie ein Tannenzapfen. Er bewegte nur den Kopf und sah sich hastig nach allen Seiten um. Schwarz und stumm standen die Bäume um ihn herum. Vielleicht, dachte Armin Schenkel, war es nur ein Eichhörnchen. Doch da war das Geräusch wieder. Es klang nicht wie ein Eichhörnchen. Es klang wie … Singen.

Langsam wanderte Armin Schenkels Blick einen dicken, alten Baumstamm hinauf, der direkt vor ihm stand. An einem kräftigen Ast gut zehn Meter über ihm hingen …

Armin Schenkel riss die Augen auf.

An dem Ast hingen …

Armin Schenkel klappte der Mund auf.

Dort oben hingen …

Armin Schenkel ließ das GPS-Gerät fallen.

An dem Ast hingen seine Nachbarn.

Mihai Tepes. Silvania Tepes. Und Daka Tepes.

Einen Tag nach ihrem Einzug hatten sie sich höchstpersönlich bei Familie Schenkel vorgestellt. Und jetzt hingen sie höchstpersönlich mitten in der Nacht zehn Meter über dem Waldboden kopfüber an einem Ast und sangen.

„Transsilvania, rodna inima moi!", schallte es von oben herab.

Armin Schenkel verstand kein Wort.

Er musterte Herrn Tepes. Er sang am lautesten und sein Lakritzschnauzer wackelte im Takt. Seine dunklen Augen strahlten. Armin Schenkel fand, er sah wie ein gefährliches Raubtier aus.

Silvania Tepes hielt sich als Einzige mit beiden Händen am Ast fest. Über ihr Gesicht fiel ein rot-blau gestreifter Schal. Sie hatte die Augen geschlossen und lächelte verträumt.

Daka Tepes baumelte während des Singens vor und zurück. Armin Schenkel wurde allein vom Zuschauen angst und bange. Doch den drei Nachbarn schien es dort oben im Baum recht gut zu gehen. Sie sahen alle so ... so ... Was war es nur?, überlegte Armin Schenkel. Auf einmal wusste er es: Sie sahen alle so glücklich aus. Sehr glücklich sogar.

Armin Schenkel warf einen letzten Blick auf die Nachbarn. Er winkte ihnen zu, doch sie sahen ihn nicht. Sie waren zu sehr mit Singen und Glücklichsein beschäftigt. Armin Schenkel hob das GPS-Gerät auf, steckte es in die Tasche und eilte so schnell er konnte nach Hause. Er wollte nicht darüber nachdenken, wie die Nachbarn auf den Baum gekommen waren und warum sie sich überhaupt zum Singen kopfüber an einen Ast hängten. Er wollte nur noch zu seiner Frau und seinem Sohn. Und mit ihnen glücklich sein.

Während Armin Schenkel durch den Wald eilte, hallte es noch lange in den Baumkronen: „Transsilvania, rodna inima moi!“

Franziska Gehm wurde 1974 in Sondershausen geboren. In Jena, Limerick und Sunderland studierte sie Anglistik, Psychologie und Interkulturelle Wirtschaftskommunikation. Nach dem Studium unterrichtete sie an einem Gymnasium in Dänemark, arbeitete bei einem Wiener Radiosender und als Kinderbuchlektorin. Sie lebt als Autorin und Übersetzerin in München.

Weitere Abenteuer im Anflug ...

Band 1

Band 2

Band 3

Band 5

Band 6

Band 7

Loewe